義兄弟《ギキョウダイ》

「早、く……っ、入れて、くれよ……、足りな、い」
　昨日口走ったのと同じような哀願を唇から零し、掠れた自分の声に意識を焼かれた。恥ずかしい、いやらしい、これが自分のほんとうの姿なのだと言い聞かされている気がした。

義《ぎ》兄《きょう》弟《だい》

真式《ましき》マキ

ILLUSTRATION：雪《ゆき》路《みち》凹《おう》子《じ》

義兄弟

LYNX ROMANCE

CONTENTS

義兄弟

快楽はあった。

屈辱だった。恐怖も感じた。それでも倒錯的な行為は確かな快楽をもたらした。だから聖司《せいじ》は余計に混乱した。

いま自分は、誰に、なにをされている。

「下手に拒んでも無駄だよ。力を抜いて、僕を感じて。もう痛いだけじゃないでしょう？」

「ああ、怜《れい》……ッ、も、やめ、ろ……」

「へえ？　そんな顔をして、気持ちがいいのか。わかった？　兄さんは僕には逆らえない、兄さんは僕を受け入れるしかない」

「いやだ……っ、壊れる、あ、あっ、動く、な！」

暖房もつけていないマンションのベッドルームは寒いはずだった。つい先ほどまでは冬もはじめの空気に白い息を吐きながら、ふたりで夜道を歩いていたのだ。

それなのに、いまは肌が焼けつくように熱かった。ずっぷりと尻に挿し込まれた怜の性器に突かれるたびに身体《からだ》が内側から燃えあがる。

快感の炎にあおられ、まともな判断力などはほとんど飛んでいた。怜の言葉の半分も聖司には理解できていなかった。

だが、だからこそか、囁《ささや》かれる低い声はまるで絶対的な命令のようで、奴隷みたいに縛られていく。

抗《あらが》えない、拒めない。

聖司の腕や脚を押さえ込む怜の手はさほど強引ではなかった。獣のように服をはぎ取ったときの乱暴さはいつのまにか消えている。

それでも聖司は、もはやまともにもがくことさえできなかった。身体を、意識を侵食され逃げ出す方法も考えられなかった。

逆らえない、怜がそう告げるのであればその通りなのだろう。

「あぁ！　は……ッ、あ、駄目だ……っ」

ぐちゅぐちゅと音を立てて中を抉《えぐ》られ、聖司の口から無自覚な嬌声《きょうせい》が散った。怜のセックスは巧みだった。隙間なく埋められ掻《か》き回されて、理性も危機感もばらばらとはがれていく。

身のうちから迫《せ》りあがる快感は、聖司が過去に知らないほどに強いものだった。なすすべもなくベッドに押し倒され、殴ることも蹴ることもできず男の性器を突き立てられている。そんな異常な状況も忘れるくらい、怜によって与えられる快楽は動物じみたよろこびだった。

なんとか瞼《まぶた》を上げて見つめると、怜はその美貌にうっすらと笑みを浮かべた。

「駄目？　なにが駄目なんだ？　弟に抱かれるなんて駄目だ？　それなのに感じてしまう自分が駄目だ？　ほら、こんなに勃《た》たせてはしたない。僕以外に兄さんの、この姿を知っているやつはいないでしょう？」

「ふ、ぅ、触るな……、むりだ、むりっ」

「駄目だとかむりだとか素直じゃないな。気持ちがいい、たくさん犯してと騒げばいいのにね」

「いや、だ……ッ、ああっ、放、せ！」

脚から離れた片手でぎゅっと性器を握りしめられて、身体中がびくびくと震えた。迫る絶頂の予感が聖司の朦朧《もうろう》とした意識をさらに深いところへと突き落としていく。

怖い、と切実に思った。同時に、欲しい、とも思った。

もう自分のこころさえわからない。ほんとうに放してほしいのか、それともこのまま快感で蹂躙《じゅうりん》してほしいのか。

怜はサディスティックな笑みをたたえたまま聖司が乞うた通りに手を引き、わざとらしく奥まで性器を突き入れた。いまにも愉悦の波があふれそうな高みで焦《じ》らされ、知らず涙がにじむ。

「は、あッ！　あぁ、深すぎ、る……、きつい、おかしくなる……っ」

「まだいかないで。もっともっと感じて、僕に溺《おぼ》れてしまえよ」

確信的な律動で聖司を揺さぶりながら怜が囁いた。今夜はじめて聞く王者のようなその声にますます追い詰められていく。思考を握り潰される。

「さあ、そろそろ理解した？　兄さんは僕に支配されている。兄さんは僕のものだ。僕は、あのころからずっと兄さんが欲しかった」

「怜っ、おれ、は、こんなの……、違う」

切れ切れの言葉は意味をなしてはいなかったが、怜は理解したらしかった。不意に、思い出したように激情が怜の錆色《さびいろ》の瞳を掠《かす》め、ぞくりとする。

なぜこうなってしまったのか。どこで軌道が狂ったのか。

聖司のシャツに縋《すが》り、必死にあとを追いかけてきた幼い怜の姿は、もうどこにも見付からない。

佐伯聖司《さえき》がおよそ十年ぶりにその男と再会したのは、ようやく暑さのさかりもすぎた夏の終わりのことだった。

三年前に父親が世を去ってから、聖司の生活はとにかく慌ただしかった。日々を懸命に走り続け気付けば三十一歳。学年で四つ離れた彼は、だから二十七だか八だかだろう。

広い窓から陽《ひ》の射し込むオフィスの応接室に、男はなんの前触れもなく現れた。

西久保《にしくぼ》の後ろに立つその姿を見て、すぐにわかった。

音信不通だった弟だ。佐伯怜だ、と。

「急に押しかけて悪いな、佐伯。早く伝えたほうがいい用件だ。こっちはうちの社の佐伯……うん、同じ名字だとなんだかわかりづらいなあ」

驚きで目を見開いている聖司の様子に気付いていないのか、西久保は怜を振り返りいつも通り陽気に言った。怜は再会を驚いてはいないようだった。聖司とはっきり視線を合わせてにこりと笑うその顔に動揺はない。

「久しぶり、兄さん」

怜の声だ、と思った。

子どものころ、それから青年の時代を同じ屋敷ですごした弟の声だ。忘れるはずもないだろう。

やわらかさ、優しさこそ変わっていない。しかし、当時のような頼りなさも儚《はかな》さも感じさせない、しっかりとした印象を受ける声音だった。

同じように「久しぶり」と答えられればよかったのだが、驚愕《きょうがく》のあまり咄嗟《とっさ》に声が出なかった。十年の空白を経て怜は輝かしく成長しているように見えた。

背は高い。少し長い鋳色の髪も瞳もあのころのままだ。整った顔立ちは当時の面影を残し、なお美しい。だが、見慣れていたどこかさみしげな暗い翳《かげ》はもうどこにもうかがえなかった。揺らぎのない声に抱いたイメージと等しい。

彼が浮かべる穏やかな笑みからは確固たる自信を感じる。おどおどと聖司を追いかけ回していた小さな怜からは想像もできない姿だった。

「え？　兄さん？　おまえ佐伯の弟なのか。なんだよ、だったら先に言えよ、もったいぶりやがって。相変わらず秘密が好きな男だな」

西久保は、自分より頭ひとつ分は長身な怜の脇腹をわざとらしく拳で突いた。スーツの上からでもわかるしなやかな身体を折って、怜は困ったように笑った。

こんな余裕にあふれた表情をこの男はいつのまに覚えたのだろうと聖司はさらに驚く。

西久保の怜に対する親しげな態度は、部下や後輩というよりも気心の知れた仲間に向けるもののようだった。十歳ほどは差があるはずだが、よほど仲がよいのだろう。

「ああ。でもまあ言われてみれば顔立ちがなんとなく似てるか？　兄貴のほうが男っぽいが、よく見れば似てるか。髪型まで似てるな、兄貴は黒髪だから色違いだ。体格も似てる。でかい色男ふたりに挟まれて、おれがいじめられてるみたいだ」

「兄さんは色男だけど僕はそんなんじゃないですよ。だいたい殴る蹴るされているのは僕のほうです、可愛《かわい》い下っ端にひどい仕打ちだ」

「おまえが下っ端なもんか、生意気な。それにおれは蹴ってはいない、殴るだけだ」

似ていると言われて、聖司は少しの戸惑いを感じた。自分ではそれほど似ているとは思わない。だが、義理とはいえ血の半分はつながっているかもしれないのだ。他人の目にはそのように映ることもあるかと頭の中で片付けた。

「佐伯の兄貴、紹介しよう。こっちの佐伯、おれの後任だ、佐伯怜だ。紹介するまでもないんだろうが」

西久保は怜の頭を後ろからはたき、まだ動揺をおさめきれない聖司に向かってなんでもないことのようにそう言った。

「は？」

「で、こちらが佐伯社長。ほら弟、ご挨拶しなさい」

意味がわからずきょとんとした聖司に構わず、西久保はてきぱきと続けた。怜は深々と礼をして
「よろしくお願いします」と告げた。

「……待ってくれ。西久保さん、後任ってどういうことだ？」

名刺を交わすことも忘れ思わず問い返す。その聖司に、西久保は少しの不安も感じさせない調子で答えた。

「おれもう会社を辞めるんだよ、独立するんだ。だから佐伯に引き継ぎをすることにした。こいつ以上に頼りになるベンチャーキャピタリストはいないからな。若いがやり手だ、優秀だ。任せて間違いはない。この会社の新担当も当然こいつになる」

「新担当？　怜が？」

「必要なことは全部伝えた、安心してくれ。ま、兄弟ならおれとよりやりやすいか？」

快活に言い放った西久保から思わず怜に視線を向けた。怜はやはり唇に笑みを浮かべたまま少し首を傾けてやわらかく言った。

「兄さん、心配してる？　大丈夫。他はさておき僕は、仕事はできるよ、西久保さんより。任せてください」

「おまえなあ、偉大なる先輩に対してなんつう言いぐさだ」

思いきり肘を腹に食い込ませる西久保から逃げ、怜は、冗談、冗談です、と笑った。その表情をしばらくぽかんと見つめてしまい、聖司は密《ひそ》かに眉をひそめた。

驚愕が去ってしまえば次に湧《わ》きあがるものは当惑だった。

あのころに生じた僅《わず》かな距離を、理由のわからない微《かす》かな気まずさを、この男は覚えているのだろうか。そんな思いが足もとからじわりと這《は》いのぼり、聖司の頭を占めていく。

「兄さん、だから今日は打ちあわせです。データはすべて西久保さんからもらってるけど、細かい状況は兄さんから聞いたほうが正確でしょう。ひとづての情報はどうしても繊細な部分が歪《ゆが》むから。時間ありますか」

「ああ……。時間はある。夕方の会議までだから、そうだな、三時間か」

「じゃあ、仕事の話を二時間、あとは世間話を一時間だ」
一、二、三、と右手の指を立てながら言う怜は、過去には確かにあったふたりの関係のずれを綺麗《きれい》に忘れているようだった。あるいは、忘れてしまおうと聖司に示していた。その軽やかな態度に、戸惑いながらも聖司は内心ほっとする。
当時感じた小さな「引っかかり」を思い出すたびに、なんだか居心地が悪くなった。怜がもう気にしていないというのならば、それが一番よい。

聖司が促すと怜は小さく頭を下げてからソファに座り、さっそくテーブルに資料を広げた。顔も合わせなかった長い時間の回顧だとか懐旧だとかはとりあえず横に置き、まずは仕事に集中するつもりのようだ。

その怜の態度に聖司はまた安堵《あんど》を覚えた。

元気だったか、ずいぶん変わったな、なにしてたんだ。いきなりそんなふうに打ち解けられるほど、この十年は短くはない。その短くはない時間、怜は兄である自分を避けていたのだろう。それくらいはわかる。

なぜなのかは理解できない。だが、連絡先はいっさい知らせず、電話の一本、葉書の一枚もよこさないほどきっぱりと、怜は兄を避けていた。

久しぶりと笑うまでに、溝をなかったものにしてしまうまでに、怜には十年という年月が必要だったのかもしれない。

手際よく話を進める怜の隣に腰かけた西久保は、幾度か口を挟みはしたがあとは黙ってふたりの会話を聞いていた。よほど怜を信頼しているらしい。

少し話をするだけで聖司にも怜の有能さは感じ取れた。仕事はできるよ、などと自分で言うだけはある。

聖司が起業をしたのは三年ほど前のことだった。いわゆるベンチャー企業だ。いまは亡き父親の会社が倒産したのを機にゼロから新しい組織を立ちあげようと決意した。

父親は産業用コンピューター製造販売業を営んでいた。業界では中堅で、経営が破綻したとはいえ最後まで力を尽くしてくれた優秀な人材はいた。

聖司は彼らを誘い数人でＩＴ事業をはじめることにした。小規模でもきめ細かなシステム構築を請け負う顧客重視のビジネスをしよう、という方針はすぐに固まった。少人数ではそれが妥当であり、そして需要もあるはずだ。

だからスタッフには困っていなかった。困っていたのは資金だ。

そのときに出会ったのが西久保だった。先に声をかけてきたのは、大手ベンチャーキャピタルのキャピタリストである西久保のほうだった。聖司の会社が手がけたいくつかの仕事の評判を聞きつけたらしい。

ベンチャーキャピタルとはベンチャー企業に対して投資を行う会社だ。資金提供と同時に経営へのアドバイスも行う。狙いはハイリターン、投資先のベンチャー企業が成長、成功しなければ話にならないというわけだ。

キャピタリストは主に投資先の開拓とサポートを行う個人を指す。資金を管理するファンドレイズ等は、西久保が籍を置く社の規模ならば専門部署がある。なのでキャピタリストに要求されるのは第一に、目がきくことだ。

西久保とは気が合った。

彼は聖司の描いた青写真を大いに気に入り、仕事のパートナーとしてははじめから親身に接してくれた。五歳は年上だ、それでもいつしかふたりは友人のような近しい関係を築いていた。

あのとき西久保に、彼の属するベンチャーキャピタルに拾われていなければ、いま聖司の会社は存在しなかったろう。事業が巧《うま》く転がりはじめたのも西久保の力があってこそだと思う。

言葉にし尽くせないほど聖司は西久保に感謝をしていたし、信頼もしていた。

その西久保が担当を退く。そして新たな担当が、十年も会わずにすごした弟なのか。

怜がいくら西久保のお墨付きであれ、僅かたりとも懸念を抱かないといえば嘘《うそ》になる。というより聖司は当然の不安を覚えた。それは仕事上のものでもあるが、加えて、子どものころ生じた兄弟間の小さな亀裂による憂慮だった。

結局は埋められないまま離別したひび割れだ。そんなものが存在しているのに、怜は自分の会社に対して西久保と同じように尽力してくれるのか。それとも彼は屈託ない態度で示す通り、ふたりのあいだにあった微かな軋《きし》みなどもう気にしていないのか。

「兄さん、なんだか心配そうな顔をしてるね。僕が相手じゃ心許《こころもと》ないかな？」

二時間ほど経営状態から事業方針までの概要を話しあったあと、怜は面白がっているような口調でそう言った。一時間は世間話というタイムスケジュールを守るつもりらしい。

心配そうな顔と言われてしまえば確かに心配はあった。だが、あれこれと仕事のやりとりをするうちに知らず聖司の肩からはいくらか力が抜けていた。

怜は冷静であり熱心でもあった。よそよそしさだとか、まごつき、緊張、棘《とげ》だとか、そういった不安要素を聖司にいっさい見せなかった。

この男は事実、十年前の溝をいまや気にしていないのだろう。彼の表情を見つめ言葉を聞き、聖司はそう信じはじめていた。

ようやく馴染《なじ》み出した空気に背を押され、聖司はそれでも少し迷ってから言葉を返した。

「いや。そんなことないよ。西久保さんが選んだんだ、怜はほんとうに優秀なキャピタリストなんだろう。ただおれはびっくりしてるだけだ。もうずっと、連絡さえ取れなかった弟といきなり再会して驚いている。おまえがこんなに立派な大人になったことにも驚いている」

「ひどいな。僕はそんなに先行き危うい子どもだった？　まあ、兄さんらしい見解だ。小さいときの僕は兄さんについて回ることしかできなかったから」

「……心配してたよ。どこかで腹を空《す》かして泣いてるんじゃないかって」

その通りだな、とも言えない。

怜は聖司の言葉にくすりと笑って「僕は可哀想《かわいそう》な捨て猫じゃないよ」と言った。その声に、聖司ははじめてほんの僅かな違和感を覚えた。

観察するようにじっと怜を見つめるが、彼は特に不自然な表情はしていなかった。やわらかく目を細め眼差《まなざ》しを返してくる。

怜はもう立派な大人だ。たった二、三時間の会話でも感じ取れるように、彼にとっては幼いころのことなどただの思い出なのだろう。気にするなと聖司は腹に湧いた違和感を追い払った。

あんなに懐いていた怜が自分について回ることもしなくなったのは、いつからだったか。

「なんだ？　穏やかじゃないな。佐伯、そんなに長いあいだ兄貴と音信不通だったのか？」

西久保が笑いながら口を挟んだ。目敏《めざと》い男だから兄弟のあいだにある、とりわけ聖司のほうにあるためらいを察したのだろう。場を和ませようという判断だ。

ありがとうと両手を合わせたくなった。これがいきなりふたりきりの再会であったなら、自分はもっと狼狽《ろうばい》したと思う。

罪悪感というほどはっきりしたものではない。

だが、怜に対して抱いている名状しがたい感情は、それに近いものなのかもしれない。

「いやだな、僕と兄さんの関係は穏やかですよ。子どものころはたくさん可愛がってもらいました。

連絡を取らずにいたのは兄さんを心配させたくなかったからです。それに、頼りなかった弟がきちんと成功してから突然目の前に現れたら格好いいでしょう？」

「その歳《とし》で成功した人間は言うことが違うねえ。ま、おれはおまえのそういう自信たっぷりなところは嫌いじゃないぜ。優しい顔をしているくせに性格がシビアなところも嫌いじゃない。それで、どうなんだ？　兄さん。突然目の前に現れた弟は格好よく成長しているかよ」

「……え？　うん、そうだな。格好いいんじゃないか。巣立った雛鳥《ひなどり》が舞い戻ってきた気分だ。頼りにしてるよ」

唐突に振られて聖司はなんとかそう答えた。西久保の様子を見る限り、この後任者は充分信用に足るのだろう。そして短い打ちあわせでもわかるほどの怜の敏腕さは、確かに頼りになると感じた。

怜は西久保から聖司に視線を戻し、華やかな笑みを浮かべて言った。

「兄さんの会社は有望だ。さすがだね。評判も企業価値も素晴らしい。僕は高く評価しているし、大いに期待してるよ。上場目指して一緒にがんばろう」

彼の言葉に、聖司はふと微かな悪寒を覚えてそんな自分に困惑した。

そうだ。いま、自分の会社の価値を判断し資金の流れを決めるのは、目の前にいるこの男なのだ。

投資をする立場の弟、受ける側の兄。怜の言う通り穏やかな兄弟関係、仕事関係を築けなければ会社は終わる。怜の指先ひとつで自分はまたゼロに落ちるということだ。

彼の不興を買ってはならない。

「大丈夫だよ。このまま順調にいけば兄さんの会社はまず成功するだろう。僕はそのためならば協力を惜しまない」

聖司の戸惑いを見て取ったのか、怜は力強く言って片手を差し出してきた。その態度には頼もしい言葉以外のものはなにひとつ感じられなかった。

弟相手になにを危惧するのかと聖司は悪寒を振り払う。

いつまでもむかしを気にしすぎだ、もうふたりとも子どもではないのだ。たとえ当時は少し距離があったのだとしても、怜がここまで歩み寄ってくれるのだから信じればいいのだ。

険しい道ならば自らの手で切り拓《ひら》く。よそ見はせずに真《ま》っ直《す》ぐ突き進む。それが聖司のやりかただった。猜疑心《さいぎしん》など似合わない、新しいパートナーとともに歩め、自分にそう言い聞かせて怜の手を取る。

怜のてのひらは、あたたかかった。強く握られて同じように握り返すと、怜は蕩《とろ》けそうな美しい笑みを浮かべた。

どきりとした。

誠実な感触と嘘のない表情に、不意の嬉《うれ》しさを覚える。怜は自分を受け入れているのだろう、確かに力を合わせてくれるのだろう。そう思ったら知らないよろこびがこみあげてきた。彼との再会に感じていたこころの揺らぎを掻き消すみたいな心地よい感情だった。

と同時に聖司はひどく安堵した。

泣いてばかりいた弟は、こんなふうに笑うようになったのだ。

強固な基盤の上にプライドと品位を積み重ねた男の顔だった。

この十年のあいだに怜になにがあったのだろう。どのように生き、どのように成功を摑《つか》み取ったのだろう。

知りたい、そこでようやく聖司は強く思った。

消息さえもわからなかった空白のときを埋めてしまいたい。話がしたい。裏のない、優しい笑顔がもっと見たい。あのころに生じた小さな段差などさっさと踏み潰してしまいたい。

たったひとりの弟だ。

「参ったね。おれの誠意も熱意も血のつながりには勝てないか。ちょっと嫉妬するぞ。まあ兄弟仲よくやってくれよ、嬉しい噂《うわさ》が聞こえてくるのを楽しみにしてるさ」

手を握り見つめあうふたりの横で、西久保が少々おどけた口調で言った。引き継ぎがとりあえず巧くいきそうなことにほっとしているのだろう。

聖司からそっと手を離した怜は、西久保に視線を向けて似たような調子で言葉を返した。

「それはそうですよ。誰も僕と兄さんの絆《きずな》には勝てません、嫉妬してください。西久保さんよりいい仕事しますから楽しみにしていてほしいですね」

「生意気なんだよ、おまえは」

見ているほうがひやひやするほどの力を込めて西久保は怜の肩を小突いた。怜は「痛いですよ」と笑いながら二発目の拳をひょいと避《よ》けた。

怜が誰かとこんなふうにじゃれあっているのをはじめて見た。子どものころの彼はまさに捨てられた猫みたいに、いつでもさみしげな雰囲気をまとっていた。

よかった。聖司は単純にそう思った。

いまの怜とならばきっと巧くやれる。一緒にがんばろうと言ってくれるのだから、なにに惑わされる必要もない。有能な弟の期待に応えるべくこれまで通り走るだけだ。

あのときからじわじわとこころに染み出していた意味のわからない思いを消そう。兄弟のあいだにあった距離も、溝も、いまから確実に埋めてしまえばいい。

怜は経営にも積極的に関わるハンズオンスタイルのキャピタリストだった。

週に一度の定例社内会議には必ず顔を出したし、顔を出した以上は的確な意見を述べる。その見識には聖司も、また他の社員も舌を巻くしかなかった。

再会から二か月も経《た》ったころか。いっそのことと役員の席を勧めたこともあるが、「僕はそういうのは嫌いだから」とあっさり断られた。あくまでも支援に徹し、そこまでは干渉しないという主義らしい。

秋も深まるころには、聖司と怜はすっかり意気投合していた。

怜は聖司にとって頼れる相棒だった。同時に、垣根を取り払って接することのできる弟でもあった。再会した当初に感じた僅かな戸惑いはすぐに消え去った。十年の時間を経て、怜はひとあたりのよい紳士的、知性的な人物に成長しており、なにより仕事に熱心だった。

聖司はその姿勢に強く惹《ひ》かれ、あっというまに怜に全幅の信頼を置くようになった。それほどに彼は魅力的だった。

聡《さと》く、優しく、強く、誠実だ。

その日の会議に怜はいつものごとく書類の束を持ってきた。ひと通りの議題を話しあったあと、会議に出席していた聖司、社長補佐の森《もり》、それから営業とシステムエンジニアのリーダーにそれを一部ずつ配って説明する。

「個人経営の病院です。腕がいいと評判ですから、まあ金はありあまっているでしょうね」

「どういうことだ？」

「顧客ですよ、兄さん。顧客候補。こういう小規模なところが狙いなんでしょう？」

口を挟んだ聖司に怜はにっこりと笑った。決して横柄な顔は見せないがいつのまにかひとの上に立つ、怜にはそういった才能があると聖司は思う。

「院内のカルテシステムを改良したいらしい。個人経営なだけにあちこち古いんです。間違いのないシステム構築ができる企業を探しているようですよ。宮野《みやの》さん、吉田《よしだ》さんを連れて当たってみてはどうですか？」

怜は営業とシステムエンジニアに向かって言い、詳細を話しはじめた。この男はどこからこんな仕事口を拾ってくるのかとほとほと感心してしまう。

社長補佐の森に目をやると、彼もしばらくまじまじと怜を見つめ、それから聖司に視線を移した。これは参ったという顔をしている。

森は父親の会社の経営企画部にいた社員で、聖司が起業する際に誘った一番の戦友だった。歳は四十手前、ともに会社を興したこともあり、表情ひとつで意思疎通ができる程度には緊密なつきあいをしている。

その森も、とうに怜の手腕を認めていた。森だけではない、少なくともこの場に集まる全員は怜を信用し頼りにしている。

新任のキャピタリストは弟だという事実を聖司は伏せなかった。それも彼らの急な変化に対するちょっとした警戒心を解く材料になったのだろう。

怜は同じような取引候補をふたつ三つ提案したあと、聖司を振り向いて「僕からはそんなところです」と締めた。手綱を握られているのは感じるが、押しつけがましさがないだけに嫌味もない。

怜の持ち込んだ案件について営業方針を話しあい、会議を終えたときにはもう夜になっていた。聖司がちらと会議室を出ていこうとする怜の背を見ると、それを感じたのか振り向いて彼はいたずらっぽく笑った。

「兄さん。僕とお酒が飲みたいの？　いいね、僕は飲みたいよ。一緒に帰ろうと誘うのは僕の役割かな？」

思わず苦笑してから頷《うなず》いた。ともに仕事をするようになってから数か月、会議のあと、何回かに一度は兄弟で酒を飲みにいくのが習慣のようになっていた。

もう慣れたのか他の社員もくすくすと笑っている。社長とキャピタリストの仲がよいことは彼らにとっても安心の一助ではあるだろう。

残務を片付け、オフィスの隅で待っていた怜と連れ立って夜の街に出た。スーツに薄手のコートだけではそろそろ肌寒い。

安い焼き鳥屋だろうが洒落《しゃれ》たバーだろうが、怜はいつでも旨《うま》そうに酒を飲んだ。いつだかそう聖司が言ったときに、怜はうっとりするような笑みを浮かべてこう答えた。

「僕は兄さんと飲むお酒ならなんでもおいしいよ。僕は兄さんと一緒にいられればどこでも嬉しいよ」

無自覚なのだろうがずいぶんと大胆な発言だと思う。もし女だったら、たとえ男でも兄弟でなかったらついふらふらと転びそうだ。

その日は適当に個室居酒屋に入った。会社が軌道に乗ってきたとはいえまだまだ駆け出し、財布の中身が潤沢というわけではない。

酒と肴《さかな》を店員に頼みながら、いつか怜を馬鹿高いホテルのレストランにでも誘って死ぬほど食わせてやろう、などと浮かれ気分で考える。

怜のようには口に出せないが、兄弟で飲む酒は確かに旨かった。長い空白ののち、こうして気兼ねなく接しられるような関係になったことがただ嬉しい。

「兄さんは相変わらずもやしが嫌いなのか？　こんなの水食べてるみたいなものだと思うけどな。おかしなひと」

聖司がお通しの小鉢からもやしを避けていると、怜が面白そうに指摘した。親しい人間に使う砕けた声だった。

あらかた摘《つま》み出したもやしを怜の小鉢に放り込みながら答える。

「馬鹿言え。味がするだろう、いかにももやしくさい味が。おれはそれがむかしから苦手なんだよ、もやし炒《いた》めなんて愚の骨頂だね。だいたい、水みたいなもんって農業従事者に対する冒瀆《ぼうとく》だろ」

怜は呆《あき》れたように笑い、ジョッキのハイボールをひとくち飲んでから「冒瀆ね」と零《こぼ》した。どちらがだと言いたいらしい。

そうこうするうちに料理が運ばれてきた。サラダに唐揚げ、ほっけの開き、いかにも普通の居酒屋メニューだが、この上品な弟は意外となんでもよろこんで食べる。

「兄さんはむかしと変わってないよね」

倍の量になったもやしをつついていた怜が、ふと懐かしそうに言った。ほっけの開きと戦っていた聖司が目を上げるとぴたりと視線が合って、なぜかどきりとした。

やわらかな怜の笑みは美しいと思う。見蕩《みと》れてしまう。

「強くて真っ直ぐでさ。誰にもなににも曲げられない。純真で、もう前しか見ない。だから周りに人間が集まるんだろうね。兄さんみたいなひとは他人の目に眩《まぶ》しく映るよ。このひとについていきたいと思わせる。そして兄さんはそういう他人を放っておけない。そういうところも変わってない。ま、自覚ないいんだろうけど」

少なくとも褒められてはいるのかと思い、なんだか身体がむずむずした。

ほっけを口に運びながら短いあいだ考え、ひとつ小さな溜息《ためいき》をついてから言葉を返した。

「おれだってちょっとは変わったよ。この十年、波も風もなかったわけじゃない。無駄な苦労をしているなんて思ってないが、社会にもまれて少しは成長したと言ってくれ」

「ああ。そういう意味じゃないよ。むかしから芯がぶれないよねってこと」

ジョッキを傾けていた怜が困ったように笑った。この美しい男は、子どものころからは想像もつかないほど表情が豊かになったと思う。

十年のあいだになにがあったのだろう、どんな思いを抱いて生きてきたのだろう。いつでも知りたくなる、そして簡単には訊《き》けない、訊いてはいけない気がする疑問をまた腹の中で転がす。

怜も同じように思ったのかもしれない。しばらく黙ってサラダをつついていたが、彼はそれから聖司に眼差しを向けて言った。

「僕と離れていた時間、どうだった？」

軽い口調、簡単な言葉ではあったが、そこに重い意味が含まれていることはわかった。

何度も怜とは一緒に酒を飲んでいるのに、いままで空白の十年について話をしたことはなかった。おそらくは互いに、そこに触れることへの躊躇《ちゅうちょ》があったのだろう。

あのころからもうずっと持て余していた、罪悪感にも似た困惑があった。

怜はどうなのか。聖司にはわからなかったが、彼にもなにか持て余している感情があるのかもしれないと思う。

せっかくいまよい関係にあるのだから壊したくはない。慎重に核心を避けて聖司は怜と同じように軽く答えた。

「大学を出て親父《おやじ》の会社に入った。会社の経営が傾いたのはしばらくしてからだ。仕事が駄目だったんじゃない、古かったんだ。それでも結構ねばったよ。致命的だったのは社長を失ったことだな、そんなの周りからしても不安要素でしかないだろ。で、倒産した。親父とおふくろは三年前に事故死したんだ」

「うん。知ってる。たいへんなときに連絡できなくて、ごめんね」

姿を消した弟に対してなにを考えていましたか、どう思っていましたか。そんな意味だろう問いを聖司がはぐらかしたことは怜にも当然伝わったはずだ。だが、彼はそれ以上は踏み込まず、ただ謝った。

少しほっとした。こんな、正体も知れない溝は掘り返すより埋めてしまったほうがいい。

警戒しないでくれというように視線をサラダに落として怜は続けた。

「その三年前に兄さんが起業したのもちゃんと知ってるよ。父の会社に拘泥しないで新しい会社を立ちあげたのは正解だと思う。後始末は面倒だったろうけど、かわりに有能な人材は拾いあげたってところかな」

「屋敷も土地も売って、まあそれで片付いたからそんなに面倒じゃなかったよ。補佐の森さんと、営業とシステムエンジニア数人、親父の会社から誘っていまの仕事をはじめた。最初はなあ、ほんとうに明日をも知れない会社だった。ひとはともかく金がなくて」

「それで、西久保さんと出会った？」

「そうだな」

父親の会社が潰れたことも、自分が起業したことも知っていた。ならば怜も少しは佐伯の家に心残りがあったのだろうか、気がかりではあったのか。頭の中でそんなことを考えた。

怜は高校卒業と同時に屋敷を出ていった。どこへ行くともなにをするともいっさい告げずに、まさに消えた。

どんなにわだかまりがあろうと普通であれば連絡先くらいは残すだろう。だが、怜はそれすらも拒んだ。父親と母親の葬式にも当然現れず、気付けば十年も顔を見ずにすごしたのだ。

なにを考えていた？

自分が躱《かわ》した以上は躱されるかと思いながら訊《たず》ねた。

「で？　おまえは十年どうだったんだ」

怜はサラダから目を上げて聖司に視線を向けた。錆色の瞳にはこころを暴くというほどの鋭さはなかったが、彼がそれを透かし見ようとしていることは聖司にもわかった。

この男はなにかを言いたい、そしてなにかを言わせたいのだ。

しばらくそうして眼差しを交わらせたあと、怜はふと笑い、どうでもいいことのようにさらりと答えた。

「アメリカに行ったかな」

「アメリカ？」

やはりはぐらかされたか、そう思う前についい間の抜けた声で怜の言葉をくり返した。怜は少し首を傾けてあまりにも有名な私立工科大学の名を挙げ、「知ってる？」と聖司に訊ねた。

ついふるふると首を横に振ってしまってから、これは否定になるのか肯定になるのかと自分でもよくわからなくなった。

「いや。いやいや、知ってる……というか知らないやついるのか？　え？　おまえそんなところに行ったのか」

「そう。日本で何年か仕事して金を貯《た》めて、それと奨学金で経営学をちょっと」

「そりゃまた……ずいぶんと派手な経歴だな。なんでアメリカ？　おれはいますぐここでおまえの足もとにひざまずいたほうがいいか？」

「やめてよ。単に、どうせなら派手な学歴のほうが武器になるかもしれないと思っただけだよ。僕はひとに誇れるものなんてなにも持ってないから、せめてそれくらいはね」

思わずじっと怜を見つめてしまってから、聖司は穴の開いたビニール袋みたいに溜息をつき脱力した。
二十七、八の若さで大手ベンチャーキャピタルのやり手キャピタリストになるくらいだ。それなりのことはしたのだろうと考えてはいたが、怜の行動は想像を超えていた。
この男はひとりでその場所までのしあがったのだ。

賞賛と敬意の感情がこみあげる。おどおどと柱の陰に隠れていた少年は、さみしげな目をした孤独な青年はおのが力だけで確かな成功を摑み取った。

それに較《くら》べれば自分は楽をしてきたのか。寝る場所も食うものもあった。学費に悩むこともなく、屋敷を売り払ったいまも古ぼけたマンションの家賃くらいならば困らない。精一杯乗りきったつもりの波風も些細《ささい》なものだと思う。

十年。その年月の長さを思い知らされるようだった。

「……すごいな。尊敬する。おれは正直、おまえがまともに社会生活を送れているのか心配してたが、失礼だった。自分で道を拓く男は格好いい」

素直に感嘆の言葉を口に出すと、怜は困ったのか少し眉を寄せて再度「やめてよ」と言った。それからひとしきり黙り、今度は大きな花が咲くように笑った。

「でも、その武器があって兄さんと再会できたから、僕の作戦は悪くなかったでしょう？　いまこうして一緒に仕事ができるようになったんだから、間違ってなかったよね？　その点については褒めてくれていいよ」

どくどくと制御できない感情が腹のあたりから迫りあがってきて、そんな自分に困りはした。

可愛い。

こうもできた男をつかまえて可愛いもないとは思うが、可愛い。会えてよかった、ともに戦えて嬉しいと言ってくれる。兄弟とはこういうものなのか。

怜に対するこんな愛《いと》おしさは、いままで実感したことがなかったかもしれない。

あふれそうなよろこびのままに片手を伸ばし、向かいに座っている怜の髪をぐしゃぐしゃと掻き回した。怜は一瞬驚いたような顔をしたが、すぐにやわらかく破顔した。

「兄さん、僕はもう子どもじゃないよ。捨て猫でもないよ。どう？　少しは兄さんに追いついたかな、対等になった？」

「対等というより、おまえはおれの前を突っ走ってるよ。頼りにしてる。ああ、怜は立派だ、おれはもはや親戚のおばさんみたいな気分だ」

「僕の十年はね、兄さんのために使ったんだよ」

髪を乱されながら怜は平然とそう言って、楽しげに笑った。

兄さんのために、その言葉になんだかこころを掻きむしられるような気がした。

怜は自分に嘘をつかない、それはこの数か月でわかった。秘密はあるが偽らない、そしてその秘密をもひとつひとつ明かしている。

そこまで口に出して彼は笑うのだ。ならば自分が抱えている屈折は、意味のわからない「引っかかり」は、あるいはただの思い込みなのかもしれない。

怜の言葉であれば信じられる。聖司はひとりそんなふうに考えた。

髪から手を離してやると、怜は満面の笑みを浮かべたまま「兄さんが好きだよ」とあっさり言った。

この男はよく恥ずかしげもなくそんなセリフを吐けるものだとほとんど感心する。

だが、それが心地よい。嬉しい。

ジョッキに半分ほど残っていたビールを飲み干して、さすがに少し迷ってから小声で返した。

「おれもだよ」

ぞくぞくと鳥肌が立った。これは、快感に似ている。


聖司が怜とはじめて出会ったのは、小学五年生になったばかりの春だった。

父親は事前の説明もなく突然ひとりの少年を屋敷に連れてきた。それが怜だ。

両親のあいだでどのような話しあいがあったのかは知らないが、怜を引き取ったということは母親が頷いた結果の行動だろう。しかし聖司はその少年についてなにひとつ知らされていなかった。

まさにその日唐突に、怜は聖司の目の前に現れたのだ。

「養子に取った。聖司、養子ってわかるか？」

しつけには厳しい父親だったが、言動は常に筋が通っていた。聖司に対して下手に子ども扱いはせず、ひとりの人間として尊重する。期待されているのだと子供心にも聖司は理解していた。

父親は家庭に関する判断を下すとき、些細なことであれいつでも必ず聖司に確認をした。

意味がわかるか？　賛成か反対か？　他に意見はあるか？

その父親が、ひとり息子である自分の意見を聞く前に決定した事項なのだから、よほど重大な出来事なのだろうというのはわかった。

言いかえれば、そうするしかなかったのだ。

馴染みのない言葉に首を傾《かし》げながら、聖司は父親の後ろに少し距離を取って立っている少年を見つめた。着ているものはみすぼらしく表情は頼りない。怖い、不安だ、とその細い身体のすべてで訴えている。

顔立ちは驚くほど整っていたが、覇気はなかった。捨てられて諦めた猫みたいだと思ってから視線を父親に戻し、「よくわからないので教えてください」と聖司は答えた。

父親は聖司の頭に手を置いて、簡単な言葉を使い説明した。

「この子は今日から佐伯の家の息子になる。同じ屋敷で生活するし、おまえと同じ小学校に通う。一年生だな。法律の上でも佐伯の子だ。だから、おまえの弟だ」

「弟」

「そう。義理の、弟だ。さあ、自己紹介をしなさい」

聖司の頭から手を離し、父親は少年を振り向いて言った。その声に僅かな冷たさを感じて聖司は幾度か目を瞬《またた》かせた。

自分に対する態度と温度が違う、ような気がする。

少年はおどおどと父親を見て、それから聖司に目を向けた。そしていかにも心細そうに小さく「怜です」と言った。

なんだか可哀想な子どもだな、それが怜に対する第一印象だった。

「怜？　よろしく。おれは聖司です。仲よくしよう」

だから精一杯の笑顔で答えた。これ以上怯《おび》えさせたらますます可哀想だと単純に思った。

怜はまず聖司の表情に驚いたのか目を見開き、次に泣き出しそうな顔をした。よほど緊張していたのだろう、ようやく優しいひとを見付けましたといった様子だ。

弟か。この新しい家族はあまり恵まれた暮らしをしていなかったのかもしれない、子供心にそんなことを考えた。

「よろしく、お願いします。あの、聖司さん」

「兄さんでいいよ、兄さんで。だって君はおれの弟になったんだろう？　屋敷を案内してあげる、おいでよ」

「はい。ありがとうございます、あの……兄さん」

怜はそこでようやく、笑った。風が吹いたら消えてしまいそうな儚い笑みだったが、この少年は自分に対してならば笑えるのだ。そう思ったら満足感のようなものが湧いた。

手をつないで屋敷を端から歩くあいだに怜はあっさりと聖司に懐いた。まるではじめて親鳥を見付けた雛みたいな簡単さだった。

きっとさみしかったのだろう。誰かの手を摑みたかったのだろう。

優しく、大事にしてやらなくては。それは哀れみから来る感情には違いなかった。しかし当時の聖司にはよく理解できていなかった。

ただ、一度取った手を離せばこの少年は潰れる。だから離すわけにはいかないのだということはわかった。


朝、隣りあった子供部屋で兄弟それぞれ目を覚まし、ドアを開けて挨拶をする。順に顔を洗い家族四人で食事を摂《と》って、聖司と怜は学校へ行く。

放課後はひとしきり遊んでから屋敷に戻り、宿題と授業の復習に励む。基本的にはふたり別々に勉強机へ向かったが、怜が教科書とノートを持って聖司の部屋を訪れることも少なくなかった。

春がすぎ、夏がすぎ、そうしてしばらく生活をともにするうちに、聖司はいくつかの事実に気付いた。

父親と母親は怜に対していつになってもよそよそしかった。はっきり言ってしまえば、疎《うと》ましがっているようだった。

両親は望んで怜を養子にしたわけではないのかもしれない。子どもにもその程度のことは把握できた。

はじめて怜と出会った日に感じたように、彼らは、そうするしかなかったのだろう。

怜は父親が外の女に産ませた子どもなのではないかと思うようになったのは、彼が屋敷を出ていってからのことだった。歳を取った母親がぽつぽつと零す、あんな小娘の息子なんて、認知もしていないのに連れてくるなんて、という愚痴を何度か聞いた。

いなくなってせいせいしたわ。そう呟《つぶや》いた彼女の声を覚えている。

そんな家庭だったから怜にとっては針のむしろだったろう。父親と母親が冷たく接すれば接するだけ、怜は聖司にべったりとくっついて回った。

自分に優しくしてくれるのはこのひとしかいない、自分を愛してくれるのは義理の兄だけだ。あのころの怜はそう思っていたのかもしれない。依存、といってしまってもいいか。

聖司はそれを重いとは感じなかった。いつでも周りから慕われ頼りにされる優等生、幼いころからそのように育てられた。

意識せずともひとは寄ってくる。向けられる好意は当然のもので特別というわけでもない。だから怜はただそのうちのひとりにすぎない。

屋敷内のみならず、登校時も下校時も怜は聖司を追いかけて歩いた。放課後には学年の違う聖司の教室まで必ず迎えにきたし、授業が終わる時間が違うときにはひとり廊下で膝を抱えて待っていた。

聖司が小学校を卒業してからはさすがに中学校までついてくることはなかったが、放課後待ちあわせて兄弟一緒にすごすことは多かった。書店でもファストフード店でも怜は嬉しそうに聖司にまとわりついた。

普通であれば、うっとうしいと思うのかもしれない。しかし聖司は特に気にしなかった。ひとを従えるにはまずひとを大事にしなさい。そうくり返し父親に言い聞かされた。王であれ長であれと教え込まれた聖司は純粋に、単純に、自分よりか弱いいきものを放ってはおけない性分だった。たとえば、怜のような人間を、だ。

その怜から距離を置かれるきっかけとなったのは、覚えている、あの日だろう。

聖司は中学三年生になっていた。学校帰りに仲のよい友人を誘い、屋敷の自室にふたりこもって受験勉強をしていたときだった。

参考書を睨《にら》む合間に菓子を摘みながら気晴らしの雑談をする。その会話を、怜に聞かれた。どの言葉が怜を遠ざけたのか。聖司にはいまでもわからない。

「佐伯、おまえの弟、よく懐いてるよな。六年生だっけ？　おまえと一緒にいるとにこにこしちゃって可愛いの。おれのところなんて弟も妹も生意気なばっかりだ」

からかわれているとは感じなかった。ただのたわいない無駄話だ。だから特に隠しもせずに答えた。

「怜はおれのほんとうの弟じゃない。両親の養子なんだ、義理の弟だ」

「へえ？　そのわりにはあの崇拝ぶりはなんだろうな。おまえもよく面倒見てるし」

「だって可哀想だろう。怜には居場所がないんだよ。誰かが優しくしてやらないと、あいつは潰れちゃうよ」

聖司の言葉に友達は、どこか呆れたように笑った。

「これだからお育ちのいい王様は参るね。おまえ、自分のしてることが残酷だってわかってる？」

聖司は首を傾げ、「なにが？」と答えた。事実、聖司には彼の言ったセリフの意味がまったくわからなかった。

誰かに優しくすることの、なにが残酷なのだろう。

がたりと部屋のドアが派手に鳴ったのはそのときだった。不思議に思った聖司が立ちあがりドアを開けたら、小学校の教科書を手にした怜が廊下に突っ立っていた。

怜は真っ青な顔をして震えていた。

会話を聞かれたなということはわかったが、彼が青ざめている理由はやはり理解できなかった。

「どうした？　怜。難しい宿題でも出たのか？　教えてあげるから入っていいよ、ついでにお菓子を一緒に食べようか」

部屋に招き入れるため聖司が改めて大きくドアを開けると、怜はびくりと一歩身を引いた。つい首を傾げて顔を覗《のぞ》き込んだら、怜は目にいっぱいの涙をためていた。

「……兄さんは僕が可哀想なの。可哀想なだけなの。僕のことなんてなんとも思ってないの」

細い声で問うた怜がなぜいまにも泣き出しそうな表情をしているのかも、わからなかった。

わからなかったが、さすがに自分の言葉のどれかが怜を傷付けたのだろうということだけは把握できた。どう答えるべきか迷ってから、聖司は震える捨て猫を宥《なだ》めるように口に出した。

「怜はおれの弟だよ。おれとおまえは誰より仲よしな兄弟だろう？」

今度こそ怜の顔から完全に血の気が引いた。真っ白だった。当時、まだ中学生だった聖司には巧い表現が思いつかなかったが、いまならばこの言葉を使う。

怜は絶望したのだ。

教科書を落とし大きくよろめいた怜を見て、倒れる、と思わず手を差しのべた。怜はその聖司の手を力なく払い、足もとの教科書を拾いもせず背を向けてよろよろと廊下を去った。

聖司は呆然《ぼうぜん》と立ち尽くした。兄さん兄さんといつでもあとを追いかけてくる怜の態度とは思えなかった。

「……なんか悪いな。おれが余計なことを訊いたから」

一部始終を見ていた友人が突っ立っている聖司に歩み寄り、一度軽く背を叩《たた》いた。

「でも、わかった？　我らが頼れる王様は、実は、残酷なのよ。可哀想とか言ってないでちゃんと誠心誠意謝れよ」

わからない。

怜はあの日をさかいに、まるでひとが変わったかのように聖司と距離を置くようになった。屋敷でも必要以上の会話はなく、書店だとかファストフード店だとかで放課後を一緒にすごすこともない。

笑顔が消えた。

怜は父親に連れられてはじめて屋敷に現れたときの、さみしげで哀《かな》しげな少年に戻ってしまった。

何度か話しあおうとは考えたが、なにを話せばいいのかわからず結局は声をかけられなかった。そうこうしているうちに聖司は高校生になり年相応の遊びも恋も覚え、僅かに開いた距離は縮まるどころか自然とひらいた。

どこでも人気者だった聖司には他人に避けられるという経験がなかった。だからどうしたらいいのかまったく思いつかなかった。

なにより、自分の言葉のなにが怜を傷付けたのかがわからない。彼が自分から離れた原因が理解できない。

こんな状況では、ただ謝罪をしたところで上っ面なものにしかならないだろう。

もとより両親には疎まれていた子どもだ。聖司ともまともに話をしなくなってしまえば、怜の声を聞くことはほとんどなくなった。おそらくは学校でも同じようなものだったのではないか。怜のまとう雰囲気からそれは容易に想像できた。

深く傷付けた。傷付けたのだろう。だが、どうして？

怜との関係がこじれてしまってからも聖司の生活は特に変わらなかった。高校卒業、大学入学と順当に時間は進み、いつでもたくさんの友人に囲まれてすごした。

なにひとつ不足はなかったし、不安も不満もなかった。

それでも、屋敷で怜の姿が視界をよぎるたびになんだかこころがしくしくと痛んだ。

罪悪感というほどはっきりしたものではない、なにせ理由がわからない。だが、その痛みは聖司にとっての消えない「引っかかり」のようなものとして、いつまでも頭の隅にこびりついていた。

怜が高校卒業と同時に家を去ってからもそれは変わらなかった。

あの可哀想な弟はなにをしているのだろう、まだひとりで泣いているのか。

ふとした瞬間に、顔を見たい、声を聞きたいと思うことはあった。だが怜はいっさいの連絡先を残さず消えたため、思いがかなうことはなかった。

その怜が、十年経ったいま、ようやく目の前に現れた。

捨て猫のようだった子どもは、強くしなやかな大人に成長していた。

そして聖司の抱える小さな引っかかりなど気にもしないような笑顔で接してくる。長い年月をかけて、兄弟のあいだにあった距離はようやく消えたといっていいだろう。聖司はいつかそう思うようになった。

頼れる仕事上の相棒、酒を飲みに行けば可愛い弟だ。やっと頭の中にかかっていた霧が綺麗に晴れたようだった。

このままなにもかもが巧くいく。

会社は順調にいっているし上場の夢も現実味を帯びてきた。怜に世話になった分はきっちりリターンして、あとは行きつくところまで真っ直ぐ走ればいい。


ふたりの関係に新たな変化が生じたのは、冬のはじめ、再会から季節をひとつと半分は越えたころだった。

マンションのすぐそばにおいしそうな小料理屋を見付けたと怜が言うので、社内会議のあとに出向くことにした。どれだけ上等な料亭に連れていかれるのかと聖司は内心ひやひやしたが、怜に案内されたのはいたって庶民的な店だった。気をつかってくれたのかもしれない。

冷酒を飲みながら、チェーンの居酒屋ではあまり出てこないような珍しい料理をいくつか食べた。鯨《くじら》肉の竜田揚げを、旨い、旨いとほおばる聖司を怜は楽しそうに眺めていた。

ほろ酔いのいい気分で会計をすませ店を出たのは、夜十時をすぎたころだった。怜が「駅まで送ろう」と言うので甘えることにして、ふたりで夜道を歩く。

冬の風は冷たかった。厚いコートを着ていても忍び寄る寒さで酒の余韻が抜けていく。

「まだ冬も序盤なのに今年は冷えるなあ。熱燗《あつかん》にすればよかったか」

かじかむ両手に白い息を吐きかけながら聖司が零すと、怜は「じゃあ次の会議の日にまた来ようか」と言って笑った。はじめのころは、会議が終わったあとの酒宴は数回に一度だった。それがいつのまにか毎回の習慣になっていた。

縮まる距離が嬉しいと思う。

十年ものブランクを経てようやく知った、嘘も飾りもない兄弟の情は、あたたかい。

ふたりのあいだにあったわだかまりのようなものを、聖司はほとんど思い出すこともなくなった。いま隣にいるのはあのさみしげで孤独だった子どもではない。やわらかな笑みの似合う、美しい、自慢の弟だ。

猫の鳴き声に気付いたのは、店を出てさほどの間もないときだった。

駅への近道なのだろうひとけのない狭い路地だ。ついきょろきょろと見回すと、電柱の下に小さな段ボール箱が置いてあり、その中で一匹の真っ白な子猫が必死に鳴いているのが目に入った。捨て猫だ。

ひどく痩《や》せている。いつからそこにいたのかは知らないが、しばらくはミルクの一滴も与えられていないのだろう。

この寒空にこんなに小さな子猫を捨てるとはずいぶんと残酷だ、単純にそう思った。

聖司と怜はほぼ同時に足を止めた。少しのあいだふたり黙って段ボール箱を見つめてから、聖司は懸命に鳴いている子猫に歩み寄った。

膝を折ってその場にしゃがみ頭を撫《な》でてやる。あまりにか弱い命の感触になんだかこころが軋んだ。

「可哀想に。捨てられて、誰にも優しくしてもらえないのか？」

他意もなく、ただ思ったことを呟いた。

子猫を撫でていた手首をいきなり強い力で怜に摑まれたのは、そのときだ。

屈《かが》めていた身体を乱暴に引っぱりあげられて、痛みよりも先に驚きを感じた。咄嗟に怜へ視線を向けると、怒りもあらわに自分を睨みつけている錆色の瞳と目が合った。

ぎょっとした。

いつでも穏やかに笑っている男だったはずだ。その怜でもこんな顔をすることがあるのか。

優しく紳士的な男の、知らなかった表情に思わず怯《ひる》む。その聖司を真っ直ぐに見て怜は低く言った。

「ほんとうに兄さんは、むかしからちっとも変わっていない」

静かな声ではあったが、激情をむりやり押し込めているのだということは察せられた。どう返せばいいのかもわからず啞然《あぜん》と見つめ返すと、怜は淡々と続けた。

「可哀想、可哀想と、それしかないのか？　兄さんはいつでも周りを下に見てばかりだ。そんなのは愛情じゃない」

「怜……おれは」

「黙りなよ、もう」

手首を強く摑まれたまま道を引きずられた。いまさらのように痛みを感じはしたが、痛い、と文句を言える雰囲気ではない。

焦って目をやった怜の横顔は、感情を制御しきれていないのか真っ白だった。

この顔色を見たことがある。あの日、小学校の教科書を落としたまま廊下をよろよろと去った彼とそっくりだ。不意に十年以上も前の記憶が蘇《よみがえ》り聖司は寒気を覚える。

またか。子どものころと同じように、また自分の言葉のどれかが怜を傷付けたのか。

傷付けた？　そうではない。彼の表情や態度を見れば馬鹿にでもわかる。明らかに、怒らせたのだ。

怜は無言で聖司を引っぱり数分早足で歩いた。その先、辿《たど》り着《つ》いた高級マンションは彼の住まいなのだろう。エントランスでナンバーキーを押す指先は冷静に見えたが、それでも僅かな逸《はや》りは感じ取れた。

エレベーターに引きずり込まれても聖司はまともに抗えなかった。それどころか非難の声さえ上げられない。

ようやく再会し、ようやく距離を埋めた弟だ。下手に逆らえばまた溝になる。傷付けたのなら、怒らせたのなら謝らなくてはならない。だが聖司にはなにを謝ればいいのかがわからない。

これではあのときのくり返しだ。

どうしてこうなったのだったか、エレベーターを降りた五階の廊下を引っぱられながら必死に考える。

捨て猫を見かけた。可哀想にと頭を撫でた。当たり前の反応だ、どこがおかしい？

怜は五階の一番端にあるドアの前で立ち止まると、聖司の腕を摑んだまま片手で鍵を取り出し器用に解錠した。それまでまったくの無言を通していた彼が声を発したのは、開けたドアから玄関へ聖司を押し込んでからだった。

「僕の仕事を理解しているか？」

冷ややかな声だった。鍵の閉まる音を聞いて振り返ると、怜は凍りつくような目をして聖司を見つめていた。腕を摑まれたときに宿していた激しい怒りは隠れている。というよりすでにそんなものは通り越したというような瞳の色だった。

怖い、はじめてそう思った。

この男は、怖い。

ついごくりと喉を鳴らしてしまってから聖司は掠れた声で答えた。

「キャピタリスト……」

「そう。そして兄さんの会社を担当している。だから僕の意見で社の方針はいくらでも動く。現時点で、兄さんの会社への対応を判断しているのは僕だ。僕はいまそれだけの力は持ってるよ」

「……なにが言いたい。怜、なにを考えてるんだ」

「僕はいまから兄さんにひどいことをする」

玄関にふたり立ったまま平然とそう宣言されて身が冷えた。

殴られる、蹴られる？　すべてを忘れたような顔をして、怜はあるいは子どものころに生じた兄弟のすれ違いをいまでも引きずっているのだろうか。

だとしたら、どうする。意味もわからないまま謝罪すればいいのか、強引にでもさっさと去るべきか。

睨むこともできずにただ視線を返すと、その聖司へ怜は不意に、うっすらと笑いかけた。状況に相応《ふさわ》しくない表情がかえって怖いと思う。

背をいやな汗が伝った。暖房もつけていないマンションの部屋は当然冷えていたが、もう寒さも感じなかった。

「ひどいこと……？」

「そうだ。いやならば兄さんは一生懸命僕に抗え、僕から逃げろ。けれど、忘れないで。僕の意見で兄さんの会社への対応が決まるんだよ。兄さんが僕に逆らえば、兄さんへの投資は、引きあげる」

ざっと血の気が引くのがわかった。

急激にがんがんと頭が痛み出し、吐き気までこみあげてきた。

ベンチャーキャピタルを、すなわち怜を敵に回せば投資が止まる。止まるだけではない、引きあげるというからには返還を迫られるのだろう。

ちっぽけな会社だ。そんなことになれば間違いなく経営は危機に陥る。

目の前が徐々に暗くなっていくのがわかった。子どものころいつでも自分を追いかけ回していた可哀想な弟に、完全に優位に立たれた、それをはっきりと理解した。

怜に逆らえば終わる。

「……おれはなにをすればいいんだ」

むりやり声には出したが語尾は震えた。

渦巻く感情が恐怖なのか屈辱なのか、それとももっと別のものであるのか自分でも識別できなかった。混乱に顔を歪める聖司に、「まずは靴を脱いで」と怜は指示をした。

従うことしかできない。

怜は、廊下を踏んだ聖司の背を押し奥の一室へと促した。多分相当広いマンションなのだろうが、きょろきょろと見回す余裕などは残っていない。

連れ込まれたのはベッドルームだった。ひとりで眠るには贅沢《ぜいたく》なサイズのベッドと、チェストに小さな本棚といった家具がいくつか置いてある。

ますます意味がわからなくなり聖司はドアの前に呆然と突っ立った。

怜はその向かいに立ち、しばらく聖司の顔を眺めたあと唐突にこう言った。

「ここで、兄さんを犯す」

思わずぎょっと目を見開いた。

驚愕のままに見つめた怜は冗談を言っている様子ではなかった。気味が悪いくらいの無表情だった。

だがその瞳に、捨て猫が鳴いていた道ばたで見た激情が淡く蘇るのがわかり、全身に鳥肌が立つ。

この男は本気だ。本気で自分を犯すつもりだ。

「……怜。おれにはわからない」

聖司の揺れる声に、怜は淡々と答えた。

「わからない？　だから、僕はいまからここで兄さんをレイプすると言ってるんだよ。性的に虐げるんだよ。好きなだけ抗えばいい、会社を潰す覚悟でね」

「……おまえがどうしてそんなことを言うのか、わからないんだよ」

「変わらないね、兄さんは。あんたむかしから僕の気持ちなんてこれっぽっちもわかっちゃいないさ。でも、男に犯されたら少しくらいは理解するんじゃない？」

伸びてきた怜の両手から思わず一歩後ずさり、それから、自分には逆らうという選択肢はないのだと思い出した。怜を拒むということは会社を失うとほぼ同義だった。ひとり一文無しになるのではない、森をはじめとした戦友のすべてが未来に迷う。

乱暴にコートを、ジャケットをはぎ取られて身体が強張《こわば》った。

焦りと混乱で目が眩《くら》む。怜はなににここまで怒っているのか、なぜここまでするのか、それを考えることさえもうできはしなかった。

「へえ？　抗わないんだね。ものわかりがよくて結構だよ。そんなに会社が惜しい？　それとも仲間が大事なのかな」

荒っぽく聖司のネクタイを引き抜きながら、怜は少し首を傾げて唇の端で笑った。その表情はサディスティックですらあって聖司は震えあがった。

怜は確かに変わった。

そしてふたりの関係も変わった。いつのまにか立場が逆転していた。可哀想に、優しくしなくては、そう思っていた弟はいま自分をいいように扱える力を持っている。

兄さんのために十年を使った、怜はいつか酒を飲みながらそう言った。どういう意味だ、まさかこうするための十年だったのかとますます頭の中がぐちゃぐちゃになる。

怜は自分のコートとジャケットを脱ぎカーペットに落とすと、ためらいもなく聖司のシャツに手をかけた。ボタンが飛びそうな荒さで脱がされベッドへ仰向《あおむ》けに押し倒される。

ベルトを外されて下着ごと服を奪われたときにはさすがに両手で怜の腕を掴んだ。だが、その手はすぐにシーツに落ちた。

この男に、逆らうな。抗うな。

いま、怜こそが王であり自分は、奴隷だ。

「怜……っ、いやだ、やめろ」

するりと長い指で肌を撫でられ、手が出せないのならせめてと声にした哀願は、あっさりと切り捨てられた。

「やめない。いくら兄さんがいやだと言っても僕は聞かない。そんなにいやなら全部捨てるつもりで、本気で抗え。腕力ならきっと同じようなものだよ」

「兄弟だ、おれとおまえは、兄弟だぞ……、こんなことをして、普通じゃないだろ……！」

「普通とか普通じゃないとか知らないね。可哀想な兄さん、痛いだけじゃつまらないだろうから少しは気持ちよくさせてあげるよ」

「待て……ッ、怜、待てっ」

体温を確かめるように乾いたてのひらが身体を這い、つい制止の声を上げた。脚の付け根、普段はひとに触れられることもない内側の部分を指先で辿られ肌が粟立《あわだ》つ。

快感だったわけではない。ただ、これからこのベッドで性的な行為をするのだと怜が示していることは当然わかり、それに理性を引っ搔き回された。

思い起こせばこの三年間は忙しくて女とまともにつきあう暇もなかった。

遊びで女を抱くのは趣味ではなかったし、だから素肌でひとの感触を知るのはもういつ以来になるのか。

「そんなに可愛い顔しないでよ。兄さん、セックスにはあまり慣れてないのかな」

怜は一度手を離し、ベッド横のチェストからスキンジェルのチューブを摑み取って言った。笑みを含んだ声だったが、彼はもちろんただ楽しんでいるのではないだろう。

嗜虐《しぎゃく》を秘めた眼差しに見下ろされてぞくりとした。自分がいくら泣こうがわめこうがこの男は手を緩める気などない、それを教えるような目だった。

怜の言う通り腕力ならばおそらくは互角だ。本気で殴り倒せば逃げられるのかもしれない。しかしそれはできない。

「……男に押し倒されたことなんかあるわけないだろ」

低く言い返すと、怜は満足そうに目を細めた。そして、「じゃあ僕が兄さんのはじめての男だね」と悪趣味なセリフを吐き右手をむきだしの下半身に伸ばしてきた。

強引な手付きで膝を立てさせられ、指の腹で尻の狭間《はざま》をなぞられてびくりと身体が震える。その場所をぐいぐいと探ってくる手の動きは、こいつはこんなことに慣れているのかもしれないと思わせるくらいに確信めいていた。

「いや、だ……、怜っ」

「いまから自分がなにをされるのか、兄さんわかってる？　ここを女の性器みたいに開かれて、僕のペニスを突っ込まれるんだ。大丈夫、僕は巧いから素直にしていればはじめてでもちょっとは感じるよ」

「あ……！　も、そんなふうに、触るな……ッ、入れるな、切れる」

「ちゃんと濡《ぬ》らしてあげるよ。痛い痛いと騒ぐ兄さんも見てみたいけど、それだけじゃ僕が面白くない」

いったん手を離した怜に、今度はチューブから絞り出したジェルを塗り込められて顔が歪んだ。わざとらしいほど丁寧な指先と、一瞬の冷たさのあとすぐに体温に馴染むジェルの感触にぞくぞくする。

腹の中で渦巻く感情の種類が余計にわからなくなった。

憎たらしい、悔しい。惨めで恥ずかしい？　社会的地位と単純な言葉で逃げ場を奪われるのは、暴力で従わされるよりもはるかに手ひどい辱めだった。

これは裏切りだ。ふたりのあいだにあった距離をようやく忘れた、ただ純粋に愛情を抱きはじめた弟からの裏切りだ。

違う、そうではないのか。

あの「引っかかり」を忘れたのは、他意のない親愛の情を感じていたのは自分だけなのだろうか。ふたり酒を飲み笑いあいながら、怜は美貌の裏側で子どものころに負った古傷を持て余していたのかもしれない。

兄さんが好きだよ。いつかそう言った弟が、ほんとうはなにを考えていたのかなんてわからない。

「そんなに硬直してないでよ。これだけべたべたにしたら、兄さんがどんなにいやだと思ったって、入るよ」

薄い笑みを浮かべた怜が、自分の言葉を証明するようにぐっと指先をその場所に突き立ててきた。力を込めて拒もうとしてもどうにもならない。

そのままずるりと指を深くまで挿し込まれ、知らない違和感に思わず声を上げた。

「あぁ……！　やめてくれ、開く……広がる。気持ち、悪い」

「広げてるんだよ。いい子にして」

だが当然、聖司の言葉を聞いたところで怜は行為を中断はしなかった。じっくりと指を出し入れし、緊張しきった筋肉を確実に解《ほぐ》していく。

自分の身体から洩《も》れる、くちゅくちゅといういやらしい音に目が眩んだ。まるでこれではほんとうに女だ、そう思うと羞恥で身体がかっと熱くなる。

怜はしばらくそうして聖司の尻を緩めてから、不意に指先で前立腺を押し撫でてきた。

「は、あッ！　あ、や……、怜、それ、やめろ……！」

途端に経験のない快感が皮膚の裏側を、骨格に詰め込まれた内臓を駆けあがって頭の中を焼いた。いままでそんな部分を誰かに触れられたことはなかったし自分で触れたこともない。

正気も吹き飛ぶような、快楽だ。

「兄さん。まだ気持ち悪いだけ？」

聖司の状況くらいはもちろんわかっているだろう、それでも怜は面白そうにそう訊ねた。答えられずに息を弾ませていると、ちゃんと言え、とでも指示するかのように弱点をゆるゆる擦《こす》られる。

「あぁ、もう……っ、ふ、あぅ、違う……、そこ、へんだ、からっ」

のぼせはじめた頭でなんとか言葉にし、それを自分で聞いてぞっとした。

弟に尻をいじられ、こんなにいやらしく喘《あえ》いでいるのは、誰だ？

「可愛いな。兄さんはむかしから変わらない、素直なところも変わらない、そこが好きだよ。それで？　もう、なに？　もうやめて？　もう意地も張れない？　もう我慢できないからこっちも触って？」

「れ、いっ、あッ、よせ……っ、放せ」

反応しかけていた性器を摑まれ、うわずった声で訴えた。怜は構わず内側を刺激しながら、それに合わせてゆっくりと性器を扱《しご》いた。

ぎゅっと瞑《つぶ》った瞼の裏がちかちかと点滅する。与えられる快感に息苦しくなり、聖司は必死にぜいぜいと荒い呼吸をくり返した。

屈辱が、恐怖が薄れるわけではない。だが、それらを覆い押し潰すほど怜の手は巧みに聖司の身体を目覚めさせた。

怜の目的はただ肉体を犯すことではない、こうしてこころを犯すことなのだ。理性も薄まる頭でそう思った。

彼はこの行為でいったいなにを得たいのか。

「怜……どう、して」

湧きあがる熱に抗えず身をよじらせ、それでも切れ切れに声に出した。怜は一瞬だけ手を止めたが、すぐに、さらに確実な動きで聖司の中と外を同時に擦り立てた。

勝手に唇から散る嬌声を抑えることはできなかった。

「はぁっ、あ、あっ！　やめ……、ん、はッ」

「どうして？　そんなの僕のほうが訊きたいよ。どうして兄さんはわからない？　どうして兄さんは変わらない？　あんた可哀想な捨て猫にお情けで優しくすることしかできないのか？　ああ、それでもいいさ。僕の気持ちを理解しろなんて馬鹿なことは要求しない。ただしこれだけはちゃんとわかって。兄さんは、もう僕に逆らえない」

「放せ……っ、放し、て、くれ、ああ、駄目だ」

両手で追い詰められて絶頂の波がすぐそこにまで打ち寄せているのがわかった。無意識に首を振りなんとかやりすごそうとする聖司には、ほとんど怜の言葉は聞こえていなかった。

もう逆らえない、理解した言葉はそれだけだ。

そうだ。怜の言う通り、自分はもう逆らえない。

「れい……ッ、いく、も」

震える指でシーツを握りしめ、冷えた空気に消えそうな細い声で告げた。これ以上は我慢ができない、出したい、愉悦の欠片《かけら》を詰め込まれた頭ではそんなことしか考えられなくなる。

怜はふっと吐息を洩らし、そこで聖司から両手を離した。

重い瞼を上げつい縋る目で怜を見つめてしまう。彼はじっと聖司の顔を見下ろしたあと、毒ある美しい花のように、笑った。

ぞっとした。

これは自分の知っている怜ではない。子どものころの頼りない弟でも、一緒に酒を飲んでは親しげに目を細める男でもない。

十年だ。十年で、怜はこんな表情を覚えた。

「まだ駄目だ。まだいかないで。たくさん焦らして焦らして、それから僕を入れてあげる。そのほうが気持ちいいよ。だから兄さんは身体で理解すればいい。頭ではわからないんでしょう？　だから身体に教える。いま、兄さんを支配しているのは、僕だ。兄さんは僕が許さなければ射精することもできないし、兄さんは僕がそうしてやろうと思えば射精することしかできない玩具《おもちゃ》になるんだよ」

「は……ッ、あ、おまえ、は……、おまえは、おかしい」

「なんとでも言えばいいさ。さあ、もっと広げてあげようね。そうしないと僕のペニスは入らない」

「うぁ、ああ！　やめろ、壊れる、裂け、る！」

一度抜いた指の本数を増やし、怜は聖司の尻に容赦なく突き刺した。わざわざ目で確認しなくても、長い指に狭い場所を目一杯開かれていることは感覚で把握できた。

ぎちぎちに食い込む指をぐちゃぐちゃと抜き挿しされる。こんな行為はとうてい受け入れられないとは思ったが、ジェルをたっぷり塗り込められた尻は聖司のこころを裏切り従順に怜の愛撫《あいぶ》に馴染んだ。

「あ……ッ！　は、あぁ！　怜、そこ、は、むりだ……っ」

時折前立腺を掠めていく指先に悲鳴が洩れる。

もはや抗う声ではないことは自分でもわかった。もっと触って、もっと開いて、まるでそんなふうに求めているような濡れた喘ぎだった。

「そろそろ僕が欲しい？」

怜がようやく指を抜きそう囁いたのは、聖司の声も途切れがちになるころだった。

異物の抜けた尻がひくひくと勝手に蠢《うごめ》いている。そんな場所をセックスで使うなど考えたこともなかったはずなのに、あっというまに身体を作りかえられたようだった。

自分が浅く頷いた理由はもうよくわからない。

快感が欲しい、早く達したい、それは切実な欲望だった。だが欲望だけではなかったのかもしれない。あるいは怜の力にはもう屈するしかないと無意識に認める仕草だったのかもしれない。

兄弟だ。法律上ではただの義理でも、おそらくは血の半分はつながっているのだろう。そのふたりがこんなふうにベッドの上で絡みあっている。異常だ。背徳だ。であるのに確かな快楽を否定できない。

怜は頷く聖司を見て淡く笑った。獲物をつかまえたといわんばかりの表情だった。あとは骨になるまで徹底的に食い尽くしてやる、そんな笑みだった。

「いやらしいひとだな。弟のペニスを食らいたいなんて頭がおかしいんじゃないの」

からかう声で言われて勝手に顔が歪む。頭がおかしいのはおまえのほうだ、そう言ってやりたくてもまともな言葉は唇から外に出ない。

怜が適当に服をくつろげ性器を掴み出すのが見えた。完全に勃起しているそれにごくりと喉が鳴る。この男は、この状況に興奮しているのだ。

怜はあっさりと聖司に覆いかぶさった。両手で脚を曲げさせ押さえ込み、露骨な姿勢につい身体を引きつらせる聖司の反応を気にもせず尻に性器を擦りつけてくる。

「あ……」

硬い感触にひくりと震えた。

いまさらのように混乱がふくれあがって頭が破裂しそうだった。このまま番《つが》ってしまえば、ただの刺激的なお遊びなのだという苦し紛れの言い訳もできなくなる。

怜が言った通りレイプなのか、それともセックスなのか。いずれにせよ許される行為ではない。

「さあ、入れるよ。緩めて。受け入れて。僕に組み敷かれて淫らに泣いて」

聖司の狼狽は当然伝わっていただろう、しかし怜は宥める言葉のひとつも使わなかった。遠慮のない力強さで張り出した先端をぐいと押し入れてくる。

指とは較べものにならない太さに思わず甲高い悲鳴を上げた。

「ああッ！　あっ、あ！　や……ッ、あ……！」

痛みというよりも信じられないような違和感だった。内側から裂けそうなまでに広げられて、それが快楽であるのかどうかすらわからなかった。

自分はいま怜に犯されている。理解できたのはそれだけだ。

「もっと入れるからいい子にして。大丈夫、破れやしないさ」

「れ、い……ッ、ああ、苦し、いっ、あぅ、はいら、な、いっ」

「入る」

それなりに計算はしたのかもしれないが、怜は躊躇を見せなかった。聖司が違和感に慣れるのを待たず、ずるずると確実に性器を食い込ませてくる。

「は……っ、あ、深い、あぁ……っ」

奥まで突き立てられたときには息も絶え絶えだった。指では届かなかった場所を開かれて、自分がなにか別のいきものになってしまったような気さえした。

先ほどまでとは違う意味のわからない恐怖がこみあげる。乱れ軋んでもそれまではかろうじて残っていた思考の軸は、もう真ん中から完全に折れていた。

なにも考えられない。怜のもたらす感覚に身体のみならず思考まで飲み込まれる。

「ああ、兄さんの中はあたたかいな。どう？　僕を咥《くわ》え込んで兄さんはどんな気分？　嬉しい？　まさかね。屈辱か」

「も……、わか、ら、ない……っ」

「わからない、ね。兄さんはほんとうに、なにもわからないんだな」

怜はすぐに腰を使いはじめた。急《せ》いているわけではないのだろう、生け捕りにした獲物を思う存分なぶってやれとでもいうような容赦のなさだった。

「あっ、あっ！　動く、なっ！　ああ、はぁッ」

はじめから大きな動きで掻き回されて派手にわめいた。深く突かれるたびにたっぷりまぶされたジェルが、ぬちゅ、ぐちゅ、と濡れた音を立てる。それに耳からも侵食されていく。

まるで発情したメスだ。

内側を荒く擦られているうちに、じわりと湧きあがってきたものはごまかしようのない快感だった。こんな行為でどうしてと思う余裕もなく、その熱は徐々に身体の隅々まで、指先からつま先まで広がっていった。

開かれた尻を男の性器で犯されている。硬く屹立《きつりつ》した、怜の、性器だ。

この男も自分の身体で快楽を得ている、そう思ったら途端にぞくりと肌を興奮が駆け抜けた。無意識に怜の性器を締めつけると冷静な声が上から降ってくる。

「下手に拒んでも無駄だよ。力を抜いて、僕を感じて。もう痛いだけじゃないでしょう？」

叱るように強く揺さぶられ、違うんだと首を横に振って示した。気持ちがいい、だから怖い、自分が自分でなくなる感じが恐ろしい。そう訴えたいのに言葉を思いつかない。

跳ねる呼吸の合間に洩らした喘ぎは、制止の意味もないくらいに溶けていた。

「ああ、怜……ッ、も、やめ、ろ……」

「へえ？　そんな顔をして、気持ちがいいか。わかった？　兄さんは僕には逆らえない、兄さんは僕を受け入れるしかない」

怜はわざとらしくからかうように答えたが、その声はどこか痛切に耳に届いた。

ぎっちりと埋め込まれたまま脚から離れた片手で性器を扱かれたときには、もう達してしまうかと思った。咄嗟に、いやだ、と零すと怜はあっさり手を引き、かわりのように思いきり奥まで性器を突き入れてきた。

「は、あッ！　あぁ、深すぎ、る……、きつい、おかしくなる……っ」

「まだいかないで。もっともっと感じて、僕に溺れてしまえよ。さあ、そろそろ理解した？　兄さんは僕に支配されている。兄さんは僕のものだ。僕は、あのころからずっと兄さんが欲しかった」

「怜っ、おれ、は、こんなの……、違う」

快楽に飲み込まれ理性も正気も奪われる。それでも、これが兄弟のありかたでないことは、倒錯の行為であることはわかっていた。

間違っているだろう。罪悪でしかないだろう。

なんとか口に出した言葉は、しかし怜をあおっただけだった。むりやり目を開けて見上げた怜の錆色の瞳に、隠されていたあの激情がふと蘇るのを認めて鳥肌が立つ。

「ああそう。兄さんは常に清く正しく美しいよ、まったく感心するね。でも僕は、それをめちゃくちゃにしてやりたいんだよ。めちゃくちゃにして、もう僕しか見えないように飼い慣らしてやりたい。可哀想な猫みたいに」

「怜、れ、い……っ、おれは……、猫じゃない、おまえ、の、兄貴だろ……ッ」

「……あんた馬鹿じゃないの？　それを言うべきは僕だろ。ねえ、どれだけ痛めつければ兄さんは僕に屈服するんだ？」

「ひ、あっ、や……ッ！　もうっ、許せ……っ」

深く抉られながら性器を刺激され、達する直前に放置される。そんな意地の悪い動きを何度もくり返された。駄目だ、むりだ、なにを言おうと怜はやめなかった。

ようやく解放されたのは聖司が手放しで泣き出してからだった。絆《ほだ》されたわけではないのだろう。このまま続ければ愉快な玩具がほんとうに壊れてしまう、遊べなくなったらつまらない。彼が思ったとしたらおそらくはその程度だ。

「あぁ、いきたい、いかせて、いかせ、て、くれ……っ、お願いだ、からッ」

ぱらぱらと涙を零す聖司の性器を擦りながら、怜はいやに穏やかに囁いた。

「いいよ。いきなよ。僕のペニスで、僕の手で、いきなよ。いつでも気高い王様が、そんなふうに泣きじゃくって子どもみたいだ」

「は……っ、いく、あぁ、あ……ッ！」

「僕も出す。中に出してあげるから、ちゃんとのみ込んで」

散々焦らされた射精の瞬間には意識も半分飛んだ。自分の声も聞こえない、気もふれるくらいの愉悦だった。

禁忌だ、ありえないことだ、だが、それがなんだ。

その意図もなくぎりぎりと怜の性器を絞りあげ、限界まで恍惚《こうこつ》を貪る。怜は痙攣《けいれん》する聖司の身体を強く押さえ込み、最後に荒く腰を使って奥深くに射精した。

どくどくと注ぎ込まれる感覚がよろこびなのか恥辱なのか、もういまさらわかりはしなかった。呼吸もできずに快楽に溺れる聖司から、怜はゆっくりと、まだ硬さを残す性器を抜いた。

「ん……っ、ぅ」

途端にどろりと尻から精液があふれ、背のほうまで伝っていくのを感じた。怜に、弟に犯された。現実感も遠のく頭でそれだけははっきりと理解した。

貫かれ、泣きわめかされ、中を満たされた。

怜はさっさと自分の服を整えてから、呆然としている聖司に再び手を伸ばしてきた。まだ続けるのかと思わず身体を強張らせると、怜はそれを見てくすくす笑った。

「もうしないよ、そんなに怖がらないで。掻き出してあげるから大人しくして」

笑ってはいたが、怜の目はまったく楽しそうでも愉快そうでもなかった。

いやだと示す前に脚を固定され、指を入れられていた。ぐずぐずに蕩けた尻は聖司の抵抗感を無視して従順に怜を受け入れた。

快楽の波が去った身体が、頭が徐々に冷静さを取り戻していく。それでも去らない混乱に勝手に顔が歪んでしまう。

愛撫ではない単純な動きで指を使いながら、聖司に怜は低く告げた。

「十年だ。この程度ですむと思わないでよね、兄さん」

ぞくぞくと肌を這ったのは、熱の余韻を掻き消すような悪寒だった。

その夜をさかいにふたりの関係は完全に変化した。

頼れる相棒、兄を慕う弟、聖司の前で怜はその仮面を外した。投資の引きあげをちらつかせては獲物をもてあそぶ裏の顔を見せつけてくる。こんなものは脅迫以外のなにものでもないと思った。

仮面、だったのだろう。

兄さんと飲む酒はなんでもおいしいよと言いながら怜が見せた笑みは、仮面だ。

逆らうな、従え、いくらくり返しセックスを要求されても聖司は頷くことができなかった。なぜ怜はそんなものを欲しがるのか、こんな真似《まね》をしてまで自分を追い詰めるのか。わからないからこそ身を委ねることはできなかったし、なによりあの混乱を再び味わわされるのが怖かった。

犯された夜になんとか帰り着いたマンションの自室で、シャワーを浴びながらひとり泣いた。

屈辱だったのか、怒りか、それとも哀しみの涙か。快楽の残滓《ざんし》で重い身体を必死に洗いながら考えてもはっきりとはしなかった。おそらくはそのすべてだったのだろう。

可愛い、愛おしい、十年の空白を経て抱きはじめていた真っ直ぐな好意を踏みにじられた。

子どものころに生じた距離を把握していながら、怜のやわらかな笑みを疑わずに信じた自分が馬鹿だったのか。

幼い怜の、青ざめた顔を思い出す。

意味もわからないまま傷付けた。修復の方法も知らなかった。

これは弟が十年がかりで考えた復讐なのかもしれない。ならばどうする？　甘んじて受け入れる？　とはいえだ。一週間経ち、二週間経ち、少しは冷静になった頭で考えれば、義理であれ怜は間違いなく弟だ。そのうえきっと半分は血がつながっている。

大人しく抱かれてやれば怜も満足するだろう、気もすんでそのうち飽きるだろう、そんな問題ではない。兄弟で交わるなんて背徳の行為にのめり込むことはできない。

それは、罪咎《ざいきゅう》だ。

いくら振り払っても蘇る恐怖と快楽の記憶に悩まされながら、聖司は会議室の椅子《いす》に座った。どのような理由があれ、社長が週に一度の定例会議をすっぽかすわけにもいかないだろう。

関係が変化してからも怜は欠かさず会議に顔を出した。競合他社の情報だったりいつかのように顧客候補のリストだったり、都度内容は違ったが会社のための手土産《みやげ》を必ず持参する。

投資を引きあげると陰で社長を脅している男は、他人の前では完璧なキャピタリストの仮面を外すことはなかった。

だから聖司もいつもの通りてきぱきと会議を仕切った。弱みや傷を、血の匂いをただよわせれば間違いなく獣に食いつかれる。

会議のあと、書類を片付ける聖司の前に怜が平然と歩み寄ってきた。

ぞくりと肌が粟立ったがそれを隠して視線を向けた。他の社員がまだいる会議室で妙な顔もできない。

「兄さん、お酒でも飲みに行こうよ」

デスク越しに怜は朗らかに言った。美しい顔は穏やかな笑みを浮かべている。しかしその錆色の瞳は笑ってはいない。

聖司はうつむいて言葉を探した。先週も、その前の週も、体調が悪いだとか仕事が残っているだとか言って断った。

当然だ。頷いてしまえば悪夢の再来だ。

今日は友達と会う約束があるから、そんなセリフで適当に躱そうと口を開きかけた。だが、営業の宮野が心配そうにふたりの様子をうかがっていることに気付き声を飲み込む。

毎回会議のあとには弟と連れ立って街にくりだしていた兄が、一度ならともかく二度、三度と一方的に誘いを退ければ気にはなるだろう。

しかもその兄弟はただの家族というわけではない。ベンチャー企業の社長と、それに投資をするベンチャーキャピタルの担当者だ。

わだかまりを見抜かれれば仲間は不安がる。怜に見捨てられたら会社が危ない、自分が理解するよりもずっと早くから彼らはそれを把握していたのかもしれない。

「……そうだな。飲むか」

しかたなく答えて笑ってみせた。多少引きつっていたとしても怜以外にはわからないだろう。

久しぶりにふたり並んでオフィスを出た。怜はビルのエントランスを通るまで無言だったが、街の雑踏に足を踏み入れてすぐに囁く声で言った。

「ふうん？　今夜は素直だね。ようやく覚悟ができた？」

思わずひとつ溜息をついてから、他人には無関心なざわめきに紛らわせて言葉を返した。

「……そうじゃない。宮野が心配そうにこっちを見てたから」

「兄さんより頭がいいんじゃない？　社長が僕の不興を買えば会社は終わる。みんなよくわかってるんだよ」

「……おまえはたちが悪い。最低の男だ、下劣だ。おれはおまえがこんなやつだとは思っていなかった」

聖司のセリフに怜は言い返しもせず、くすくすと笑った。責められているのになぜか楽しそうな声だった。

この男はいったいなにが楽しいのだ、サディストめ、腹の中で毒づいてもうひとつ溜息を洩らす。自分をいたぶるのが面白いのか、弱者の負け惜しみが愉快なのか。それとも一緒に歩くのが嬉しいのか？　どうにせよ理解しがたいと思う。

混みあうビル街を抜けたころに怜が、不自然なほど軽やかに告げた。

「じゃあ僕のマンションへ行こうか。あのベッドが恋しいでしょう？　それともどこかにホテルでも取る？」

あからさますぎる要求に一瞬息を詰め、それから真っ直ぐ前を向いたまま短く答えた。

「いやだ」

「強情だね。僕がいつ兄さんの首にかかったロープを絞めるかなんてわからないよ？　言うことを聞いたほうがいいんじゃないの」

「もう絞まってるようなもんだろ。でもおれは、絶対に、いやだ」

「人間は強く真っ直ぐなだけよりも、ときにはしなやかに曲がらないと生き抜けないよ。兄さんはほんとうに変わらないな」

呆れ半分といった調子で言った怜に、そこでいきなり腕を掴まれてびくりと身体が強張った。

この感触を知っている。鮮明に覚えている。捨て猫を撫でていたらこうして腕を掴まれて、それから。

混乱する聖司の腕を強く引っぱり怜は少し歩いた。ビルとビルの隙間、ひとけのない狭い空間に連れ込まれて青ざめる。

咄嗟に逃げ出そうとすると、その聖司を囲い込むように壁へ両手をついた怜に阻まれた。

間近でじっくりと顔を覗き込まれてごくりと喉が鳴る。怜の目にはあの夜の激情こそなかったが、当然甘さのようなものも感じられなかった。

「わかってないの？　兄さんはね、僕に逆らえないんだよ。なのに、いやだ？　もっとよく考えてから発言したらどう？」

長い睫《まつげ》まで数えられそうな至近距離に息苦しさを覚え、知らず胸を喘がせた。むりやり絞り出した声が掠れていて情けないと思う。

「おまえこそよく考えろ。おれとおまえは、兄弟だ。セックスがしたいならそこいらを歩いてる女でも男でも引っかけろよ。中身はともかく見た目はいいんだからよりどりみどりだろ。こんなところで兄貴をつかまえて、ふざけたことを抜かすな」

「そこいらの女にも男にも興味なんてないよ。僕は兄さんにしか興味ないんだよ。だからこんなふざけたことを言ってるんでしょう。相変わらず兄さんは馬鹿だな、あそこまでしたんだから少しくらいわかってよ」

「わかってたまるか……。馬鹿なのは、おまえだ」

力の限り睨みつけてはみたが、大した抵抗にもなっていないことは自分でわかった。

怜はそこでふと黙った。

それまで感情をうかがわせなかった錆色の瞳に、ともすれば見逃してしまうくらいの微かな翳が掠め、どきりとした。

悲哀か憂いか、それとも苦悩か、種類までは判断できない。しかしひどく切実な色合いをした翳で、聖司は不意にこころが痛くなるような気分に陥った。

この男はなにかを抱えている。昨日今日の思いではないのだろう。おそらくは、屋敷の廊下で震えていたあの日から怜はそのなにかを飼い続けていまにいたるのだ。

自分にとっては些細な引っかかりだ。だが、怜にとっては？

「……どうして、おれを犯した？」

聖司の低い問いに、怜は二度か三度か目を瞬かせた。

それから形よい眉を焦れたように、意思を伝えるすべがないと泣き出す子どもみたいに歪めた。彼のそんな表情を見たのははじめてだった。

答える怜の声は淡々としていた。少なくとも相手を追い詰めるために使うものではない。

「言ったろう。欲しいからだ。僕はずっと兄さんが欲しかったんだよ。僕のものにしてしまいたい。だから、支配する。そうしなければ手に入らない。幼いころからすべてを無意識に支配してきたあんたには、すべてを手に入れてきたあんたにはわからないんでしょう」

「……おれは誰も支配してない。それに力だけではなにも手に入らない。そして、おれはおまえのものじゃない」

「だから！　ああするしかないだろ！」

聖司の言葉に、怜は唐突に声を荒らげそう怒鳴った。聖司の顔の横についていた手でコンクリートの壁を殴りつける。

いつでも余裕の笑みを浮かべている弟のいきなりの激高に、聖司は大きく目を見開いた。そして思い出した。

捨て猫を見かけたあの夜にも彼はあからさまな激情を見せた。

穏やかな顔は仮面だ、そう感じたのは他の誰でもない自分だ。

美しい男は内側に炎を宿している。他人に知られぬよう厳重に壁で覆った炎だ。それが揺らめく先にいるのは、自分なのだ。

なぜなら最初に小さな火をつけたのが、おそらくは、自分だから。

怜は少しのあいだじっと聖司を睨んでいたが、最後にもう一度壁を殴りつけあっさり手を引いた。いっさい言葉はない。

特に慌てるでも急ぐでもなくビルの隙間から去っていく怜の背を、聖司は呆然と見つめてしまった。わからない。いくら考えても、どんなにもがいても、怜のこころがわからない。

それでもひとつだけわかった。それは、あの男にとってはこの愚かな行動が違《たが》わず本気であるということだ。

兄をレイプしたことも脅迫しそれをくり返そうとすることも、ただのお遊びではない。本気だ。

しばらく取り残されたビルの隙間にひとりたたずんでから、長々と溜息をつき聖司はその場をあとにした。ふらふら駅まで歩いてのろのろと電車に乗る。

窓に映る自分の顔はひどく疲れていた。

似ている、と笑った西久保の言葉を思い出し、そこに怜の面影を探そうとしてみてもさっぱり見付からない。

怜と自分には重なる部分などひとつもないのだ。容姿はどうだか知らないが、表情も感情もまったくの別物だと思う。

兄さんはなにもわかっていないと怜は言った。ならば怜にこの混乱が、当惑と屈辱が絡みあうところがわかるというのか。

子どものころに生じた距離は少しも縮まってはいない。決してあの男とは理解しあえない。そんなことには怜もとうに気付いているのだろう。

翌朝の目覚めは最悪だった。怜に組み敷かれ快楽に泣くリアルな夢を見て飛び起き、その自分に聖司は呆れ頭を抱えた。

むりやり出社をしたはいいが思考が空回り、油断をすればパソコンモニターに浮かぶ文字列が模様に見えてくる。昨夜に見せつけられた怜の激高が、あの声が耳から離れない。

あれだけ怒ったのだ。すぐさま会社を切る方向に動くのかと思ったが、一日待っても二日待っても怜からの連絡はなかった。会社への対応を判断する担当者とはいえ、怜は個人のキャピタリストではなくベンチャーキャピタルの一員だ。一存で即、投資を引きあげるというわけにもいかないのか。

いまごろ会議で自分の会社を見捨てる審議でもしているのかもしれない、そう思うと落ち着かなかった。

携帯電話に怜からの電話がかかってきたのは、三日後の昼休みだった。

聖司がひとりファミリーレストランで食事を摂り会計をしているときだ。慌てて店を出て駐車場に逃げ、電話を耳に押しつける。

『やあ、兄さん。怯えて暮らしてた？』

回線の向こうから聞こえてきた怜の声は聞き慣れたやわらかなものだった。つい数日前にビルの隙間で怒鳴り、壁を殴りつけた男だとは思えない。

まさにその通りのことを言われて零れそうになる溜息を嚙《か》み殺した。

『もう三週間以上兄さんは僕を拒んでいる。そろそろ切られるんじゃないかって怖がってる？　大人しく僕の言うことを聞けばいいだけなのにね。別に痛くなかったでしょう、気持ちよかったんじゃないの。あの日兄さんは僕に犯されながらペニスを勃たせて、いきたいいかせてと泣いたんだよ、覚えているはずだ』

「……おまえに手を引かれたら他を当たる。いまうちの社の評価は悪くない。どこかには拾われる」

『むりしないでよ。うちが手を引いたという事実は、そのまま兄さんの会社の悪評になるんだよ。わかってるくせに。大手ベンチャーキャピタルに見限られたベンチャー企業なんて、危なっかしくて誰も拾いやしないさ』

その通りだ、と思い今度は隠せず溜息をついた。

怜の社に捨てられるということは、すなわち訳あり企業でございますと看板を掲げるようなものだった。捨てられるほどの価値しかない、捨てるだけの理由があるのだと誰もが思う。

だから怜に手を引かれれば会社は終わる。そんなことはわざわざ言われなくても知っている。

とはいえ、ならばお好きにどうぞと身体を差し出すなんて真似はできない。

相手が怜でなければ、あるいは諦め割りきって従ったのかもしれなかった。だが、怜は弟だ。どんなに脅されようが怯えさせられようが、たとえ夢の中であの気もふれそうな愉悦を思い出そうが、駄目なものは駄目だ。

「……好きにしろ。おれの会社を潰したいなら潰せ。おまえがなにを言おうとおれは、おまえとは、寝ない」

『部下はどうするんだ？　兄さんを慕ってついてきた人間をそう簡単に路頭に迷わせていいのかな？　ほんとうに僕の好きにしていいの』

好きにしろ、そうくり返すことができずについ唇を嚙んだ。怜は自分の弱点をよく知っているのだと思う。

押し黙った聖司に怜は少し笑ったようだった。電話越しではその表情までは確認できない。

『まだ早いでしょう、兄さん。十年だよ。そんな簡単に息の根を止めてしまったら僕がつまらない、もっともっと苦悩してもらわなけりゃ割に合わない。今日電話したのは別件だよ、兄さんに報告してなかったことがあって』

「報告してなかったこと？」

訝《いぶか》しみ聞き返すと、怜は特にもったいぶる様子もなく答えた。

『猫をね、拾ったんだ。兄さんも知ってる真っ白な子猫だよ。最初はミルクをあげてたけど、もう缶詰の餌を食べるようになった。少しは太ったかな』

「……あの捨て猫か？」

どくりと心臓がひとつ大きく鳴った。

小料理屋でふたり酒を飲んだ帰り道に、段ボール箱の中で必死に助けを求めていた子猫だろう。確かに真っ白だった。

しゃがみ込んで可哀想にと頭を撫でたのだ。頼りない感触をまだ覚えている。

そして、そのあと怜に犯された。

『そう。あの捨て猫。誰にも優しくしてもらえなくて可哀想って兄さんが言った、小さな子猫だ。あのあと夜中に見にいって、まだ鳴いていたから連れ帰った。元気にしてるよ。もうね、ひとなつこくて可愛いの。僕のあとをにゃんにゃん言いながらついて回ってさ、まあ風呂はいまだにいやがるけど』

「……そうか」

なぜか、じわりと腹のあたりがあたたかくなった。

怜は夜中に捨て猫を拾うのだ。ミルクをやり、餌を食わせ、風呂に入れるのだ。もしかしたら実は優しい男なのかもしれない、単純にそんなことを思った。

やわらかい、穏やかな顔で笑う彼が、ほんとうは誰より人間くさい感情を隠し持っていることはもう知っている。

兄を追い詰める言葉をいくらも吐く弟は、マンションに帰れば足もとに猫をまとわりつかせているのだ。小さな命を腕に抱きながら怜はどんな表情をするのだろう。

『ほっとした？　それとも、捨て猫のことなんか忘れてた？』

淡々とした怜の声に素直に答えた。

「……少し驚いた。でも、よかった。あのままじゃ可哀想だからな」

『僕は、可哀想だから拾ったんじゃない。そんなに傲慢じゃないよ。ただ愛そうと思って連れてきたんだ、愛するためにそばにいるんだ。それもできないなら最初から優しくしない』

「そうか……」

と、返しはしたものの、怜の言葉の意味が理解できたわけではなかった。

この男はなにが言いたいのか。夜道で捨て猫を撫でるのは、傲慢か。

「どんな名前をつけたんだ？」

怜が黙ったのでそう訊ねた。この短いひとときに、怜に対する反発心も屈辱もふと遠いものになっている自分に気がついた。

怜も察したのかもしれない。すぐには返事をせず、しばらくの間を置いてから短く答えた。

『シロ』

少し笑ってしまった。

笑ってしまってからその自分に当惑した。

ついいままで物騒で悪趣味な脅迫を受け困りはてていたはずだ。どうしたらいいのかわからずひとり悩んでいた。なのに、怜が猫を拾った、ただそれだけのことでなぜこうも気が緩む。

「白猫だからか」

『白猫だからだよ』

「おまえは案外単純なんだな。見たままか。もっと凝った名前にしなくていいのか？」

『僕は単純だよ、知らなかったの？　白猫を見れば白いなと思うし、その猫がごはんを食べていればおいしいのかなと思う。それから、優しくされれば愛されているんだと信じてしまう。まあ兄さんも大概単純だけどね。だからもう単純に諦めて、僕に抱かれにこい』

怜はそれだけを言うと、じゃあね、とも告げずに通話を切った。

少しばかりうわついていた気分が、最後に残された言葉でひと息に地まで落ちた。

そうだった。白猫を拾いシロと名付けるような男に、自分は会社の存続と引きかえにセックスを求められているのだ。

しかもその男は、弟だ。

現実に引き戻されてしまえば、昨日までとなにひとつ変わらない危機的状況があるだけだった。溜息をつきながら携帯電話をスーツに押し込みオフィスへ戻る。

デスクに座る前に時計へ目をやると、もう昼休みも終わる時間だった。慌てて書類を引っ掴み、午後一に予定していた森との打ちあわせのために会議室へ向かった。

すでに室内で資料を眺めていた森に「待たせてごめん」とひとこと謝り、その向かいへ椅子を引きずってきて腰かける。週に二度か三度か、森とは社長と補佐としてふたりきりで経営状況の詳細を確認しあうことにしている。

森は誠実で、かつ頭の切れる男だった。常に冷静沈着な態度が頼もしい。

父親の会社が倒産するそのときまで彼は聖司とともに全力で駆け回ってくれた。嬉しかった。だからこそ聖司は森を起業時の戦友にと誘ったのだ。

一時間の打ちあわせのあと森から不意にこう言われたのは、散らかした書類を両手で重ねているときだった。

「聖司さん、なにか悩んでいますか」

思わずぴくりと肩が揺れた。

森は聖司を佐伯でも社長でもなく、ただファーストネームで呼ぶ。父親の会社にいたころの名残りだ。六つか七つか年下の聖司に対し敬語を崩さないのも同じ理由なのだろう。

自分は仲間の目にも悩んでいるように見えるのか。情けないとうんざりした。

長がぶれれば組織が戸惑う。経営不振ながらもなんとか持ちこたえていた父親の会社が、社長の喪失により一気に崩れていくのを目の当たりにしたのだ。そんなことは身にしみて知っている。

「いや？　おれはいつも通りだ。ああ、そういや少し寝不足かな」

軽く返して笑ってみせた。怜に抱かれる夢を見たせいで熟睡できなかったのは事実だ。

森はしばらく黙ったまま真っ直ぐに聖司を見ていた。

それから、その視線に聖司がいたたまれなくなるころに淡白な声で言った。

「弟さんとなにかありましたか。なにかありましたよね、定例会議のときの聖司さんは少しだけおかしいです。どうしました？」

よく見ているものだと思った。

聖司が答えられずにいると、森はやはり特に感情もないように続けた。

「兄弟喧嘩《げんか》ですか？　だとしても、あんなに意気投合していたのだから修復はできるでしょう。私でよければいつでも相談してください」

常に飄々《ひょうひょう》としている男だが、その声は普段以上にとらえどころがなかった。心配されているのか呆れられているのかわからない。

そうではないのか。

ベンチャーキャピタルを敵に回すような馬鹿げた真似をするな、年下の社長に彼はそう苦言を呈しているのか。

「……ありがとう。大丈夫だ。自分でなんとかするよ」

もう一度森に笑いかけてからまとめた書類を摑み、逃げるように会議室から出た。自分のデスクに戻る足が重く感じられる。

会社を、というよりは森をはじめとする仲間たちの明日を守らなくてはならない。自分にはその責任がある。

ひとの上に立つとは、ひとを従えるとはまずひとを大事にすることだ。幼いころからそう教えられて育ちいまがあるのだ。

自分のそばにはいつでもひとが集った。学校でも会社でも同じだ、ならばなにを間違えているわけでもないだろう。こんなときこそ彼らを確実に動かししっかり守れ。

だが、ひとを動かすどころか身動きもできない状況に陥っているのは自分ではないか。陰鬱なその思いに聖司はひとり派手な溜息をついた。

西久保から聖司の携帯電話に連絡があったのは、それから五日ほど経った日の昼だった。

友人として昼食でも一緒に摂ろうという意味のことを言われた。友人として、その言葉に少しばかりこころが華やぐのを感じた。

仕事上のつきあいがなくなったいま、聖司と西久保は他人だ。それでも会いたいと声をかけられれば単純に嬉しい。

それに西久保は、もとは怜と同じ社にいたキャピタリストだ。まさか追い詰められているこの状況を正直に相談できるとは思わなかったが、彼ならばなにか打開策を持っているかもしれない。

関係が変化してから四回目の定例会議に怜は姿を現さなかった。担当者が彼に変わって以来はじめてのことだった。

多忙のためどうしても顔を出せないそうだ、電話を受けた事務員にそう告げられた。

会うたびひとつずつ聖司の逃げ場を潰すみたいなセリフを吐き、それを楽しんでいるに違いない怜がチャンスを避けるはずがない。だからほんとうにただ忙しかったのだろう。

今週は意地の悪い脅し文句から解放されると内心安堵したのが昨日のことか。

戻るのが少し遅くなるかもしれないと言い残して、十二時ちょうどにオフィスを出た。電話で西久保と待ちあわせをしたイタリアンレストランに急ぐ。聖司と食事をするためにわざわざ予約をしたのだという。

辿り着いたレストランで店員に案内されたのは、他人に話を聞かれずにすみそうな奥まったテーブルだった。西久保はすでに席に座り聖司を待っていた。

気さくに片手を上げられてなんだかほっとした。

怜のマンションに連れ込まれてからもう一か月経つ。そのあいだずっと張り詰めていたものが、ふと緩むのを感じた。

西久保の向かいに座るとすぐに冷えた水と前菜が運ばれてきた。コース料理を頼んであるらしい。

「おごりだ、おごり。おれがごちそうする。たまにはいいだろ。仕事の合間だから酒はなしだが、このメシは結構旨いぞ」

聖司がなにを言う前に西久保はそう告げて剛胆に笑った。この男の個性はやはり好ましいと思う。

「豪勢だな、ありがとう。このところひとり慌てて食事をするばかりだったから嬉しいよ」

聖司が素直に受け入れて礼を述べると、西久保は楽しそうに目を細めた。

西久保が担当を退いたのは夏の終わり、季節はもう冬も半ばになっている。数か月も顔を合わせずにすごしたが、西久保は当時と少しも変わっていないようだ。

その数か月のあいだに自分の立場はずいぶんと変化してしまった、と聖司は苦々しく考えた。

ひとくち飲んだ水にはレモンの香りが忍ばせてあった。まずはとフォークを刺したチーズは塩味がきいていて食欲をそそる。

「おまえはいつもお育ちがいい食いかたをするなあ。適当にやれ、適当に」

嫌味というよりは親しい揶揄《やゆ》の口調で投げかけられたセリフに、つい笑った。

「適当だよ。おれの実家だって毎夜フルコースが並んだわけじゃないよ。しかもいまは万年金欠でラーメン屋に入っても餃子《ギョウザ》は頼まない」

「お上品な色男でも一応はラーメンを食うのか。で？　最近の調子はどうだ。佐伯はちゃんとやってるのか？」

怜はという意味だろう。曖昧に頷いてから言葉を返した。

「そっちのほうこそどうなんだよ、西久保さん。独立するって言ってたな？　順調なのか」

ちょっと待てと片手で示し、西久保はがつがつと三種類の前菜を平らげた。仕事上のパートナーだったころに何度も食事をともにしたが、彼はフレンチだろうがカツ丼だろうが同じように気取らず食べる。そういうところに憧れのようなものは抱く。

空になった皿から顔を上げて答える彼の表情は明るかった。

「それなり、だ。大手ベンチャーキャピタルに在籍していましたという肩書きは役に立つ。とはいえ自分で金を掻き集めるのは思ったより苦労するな、物好きな投資家を探し歩いて足が棒だぞ。将来有望なベンチャー企業を見付けるよりも手間がかかる。だからまだまだ駆け出しだな」

「そうなのか？　まあ西久保さんなら巧くやるんだろ。頭がいいし、なにより口が巧い」

「おだてる暇があるならさっさと食え。おれは早くパスタにありつきたい」

急かされて苦笑し、言われるままに前菜を口に運んだ。自分なりには可及的速やかに片付けたつもりではあるがどうだろう。

空になった皿が引きあげられカルボナーラがテーブルに置かれるまで、少しの沈黙が落ちた。

早くパスタにありつきたい、そんなことを言った西久保は、しかしすぐには手を動かさなかった。微かな不自然さを感じて視線を向けると、彼はそこで不意に難しい顔をして口を開いた。

「じゃあ本題だ」

なぜかぞくりとした。

西久保の眼差しはいやに鋭く、この男でもこんな目をすることがあるのかと聖司は密かに驚いた。

「……本題」

聖司が同じ言葉を零すと、西久保はようやくフォークを手にして大量のパスタを巻き取った。上品とはいえないが下品でもないし、彼の性格通り豪快で見ていて気分がよい。

だが、気分がよいと暢気《のんき》に言ってもいられない。いま設けられている席にはなにか目的がある、あるいは魂胆か、そう思うと僅かに緊張した。

「勘違いするなよ、佐伯。おれはおまえの友達としてここにいる。友達だから話すんだ」

ひとくちかふたくちかパスタをほおばってから、西久保は左手の人差し指を聖司の顔の前に立て左右に振った。頷いて返した。本題とやらがなんであれ彼は嘘をついてはいないのだろう。

警戒を解くように目の前で振られた人差し指で次に真っ直ぐ指さされ、つい身を引いた。西久保の仕草にはまったく遠慮がなかった。

「おまえ、なにかやったろう」

「……え？」

唐突なセリフに思わず間の抜けた声で聞き返す。西久保はますます渋い表情をして言葉を続けた。

「でなけりゃ話が合わない。妙なんだ。おまえが盛大にへまでもしたってならわかるんだが」

「話が合わない？」

「悪評を聞くんだよ。嗅ぎ回らなくても勝手に流れてくる。そんなに露骨な、ぼろくそな評判がどうして立つ？　おかしいだろ。おまえのところは少なくともおれの知る限り優良物件だったはずだ」

さっと血の気が引いた。

いやな予感が、ありえないとは言いきれない疑念がこみあげてきて、カルボナーラを前に食欲が完全に失《う》せた。

「……どんな悪評だ」

声をひそめて訊ねると、西久保は厳しい顔をしたまま答えた。

「そりゃあひどいもんだぞ。会社は経営が厳しいし、社長は身勝手で手腕に欠ける。いつか必ず潰れるという噂が流れている。企業価値も以前からは考えられないほど低い」

「企業価値……いや、そんなことはないはずだ。おれが把握している数字は決して悪くない」

「じゃあおまえの把握している数字が間違っているか、出回っている数字がおかしいかだ。おまえが下手を打った覚えがないって言うんなら、誰かが裏で動いているのかもしれない。事情通が工作すれば数字なんてどうとでもなる。そうやってな、他人の策略で消えたベンチャー企業をおれはたくさん知ってるぞ」

怜だ。

あの男の仕業に違いないと聖司は確信した。せざるを得なかった。

彼の他にはそんな真似をする人間にまったく心当たりがない。

「疑わしいやつがいるか。おまえを潰すために裏で動くようなやつが思い当たるか？」

西久保の問いに大きく息を吸い、吐いてから答えた。

「……いや」

弟なのかもしれない、そんな疑惑を洩らすことはできなかった。洩らせばなぜと訊かれるだろう、訊かれたところで事実は話せない。

脅されても従わないから。セックスを拒み続けているから。言えるものか。

不意に自分でも戸惑うほどの怒りと哀しみが腹の中でふくれあがった。あの夜自分をレイプした男だ、投資の引きあげをちらつかせては関係を迫る男だ。それでも、怜はそこまで汚い男ではないと思っていた。

自分の一存だけで兄の会社を切るのは困難だ、あるいは手間がかかる。だから悪評を流してやれ、そういうことなのか。

捨て猫を拾ってシロと名付けたと怜は電話越しに報告した。あとをついて回って可愛い、でも風呂はいやがる、淡々とそんなことを話した。

右手で猫に餌をやりながら、あの男は左手で自分を貶《おとし》めるための卑怯《ひきょう》な裏工作をしていたというのか？

顔を強張らせている聖司をしばらく見つめてから西久保は「まあ食え」と言った。子どもに食事の方法を教える親のように、自らパスタをぱくぱくと口に運んでみせる。

「腹が減っていると戦はできないらしいぞ。食え。食ってから考えろ。どこかの誰かが悪巧みをしてるんだとしても、社長と社員が踏んばればなんとかなる、かもしれない。おまえのところはみんな仲がいいからな」

食欲が失せたと言いたくても供応を受けている身ではそうもいかない。西久保にならってパスタを嚙むが、味はまったくわからなかった。

肉か魚、デザート、コーヒー、そう続くはずだったのだろう。だが西久保はカルボナーラの皿が空になったところで立ちあがった。聖司の顔色を読んだらしい。

　皿を下げにきた店員にもう終わりと片手を振って聖司に目を落とす。

「どうする？　この快適なレストランで少しひとりになりたいか。それとも城に帰るか？」

「……帰るよ。森さんと相談をする」

「ああ、あの補佐か。確かに頼りになりそうだ。大事な手足を巧く動かせ、おまえならできる。で、なにか変化があったらおれを呼べよ。いまのおれがおまえの力になれるかはわからないが、話を聞くことはできる」

　急に聞こえてきた耳鳴りを追い払い、聖司は西久保の力強い言葉にひとつ頷いて返した。場所と時間を用意してまで友人が情報を与えてくれたのだ、こんなところで暢気に呆然としている場合ではないだろう。

　味方がいる。仲間もいる。まだ大丈夫だ。自分にそう言い聞かせて立ちあがる。

　西久保とともに店を出て、気もそぞろに片手を振り左右に分かれた。ああでもないこうでもないと頭の中でぐるぐる考えながらオフィスに戻る。

　そうしたら、デスクに座る前に森から声をかけられた。

「聖司さん。お話ししたいことがあります、いま時間ありますか」

「ああ……。大丈夫だ。おれも森さんに話がある」

　ちょうどよい。さっそく西久保から聞かされた件を相談しようと了承した。

いつもの打ちあわせと同じようにふたり向かいあって会議室の椅子に座る。さてどこから説明したものかと悩んでいると、その聖司に森が飄々と言った。

「吉田が辞めるそうです」

「……は？」

唐突な話題に思考が中断され、ついおかしな声を上げた。それから、告げられた言葉の意味を理解しぐったりと椅子の背に凭《もた》れた。

吉田はシステムエンジニアのリーダーだ。システム構築という会社の業務を実質仕切っているのは吉田だった。

父親の会社が倒産した際にそこから誘った初期メンバーで、腕がよく信頼を置いている。その吉田が会社を去れば業務が滞るのは明らかだ。

「どうして。理由は？　森さんは吉田から理由を聞いているのか？」

声がうわずりそうになるのを抑えて低く訊ねると、森はいつも通りの平坦な口調で「もっとペイのいい会社に移るそうです」と答えた。

聖司はつい長々と溜息をついた。給料の問題ではないはずだ、嘘だ。そう思った。

まだ若いベンチャー企業だ、もとより給料はよいほうではない。というよりは安いだろう。それでも吉田はいままで文句のひとつも言わず会社のために尽力してきた。

それが理由で辞めるならばとうのむかしに辞めている。なぜいまだ。

腕を組み唸《うな》る聖司に、森はさらにこう告げた。

「私も退職を考えています」

「……はあ？」

今度こそ素っ頓狂な声を上げた。

まじまじと見つめた森の顔には表情がなかった。いつでも頼りに思っていたその冷静沈着さを崩さない態度にはじめて焦れた。

ひとつ大きく深呼吸をしてから短く問う。

「どうして」

「個人的な事情です。説明できません」

森も短くそう答えた。聖司は思わず長机に両肘をつき頭を抱えた。

意味がわからない。

違う。わかる。想像がつく。起業時からずっと力を合わせて会社を支えてきた戦友たちが続けざまに背を向ける。必ず理由はある。

そんなもの、西久保から聞かされた悪評を耳にしたせいに決まっているではないか。あるいは怜が直接彼らになにかを吹き込んだ？　いずれにせよたいした違いはない。

沈む船から逃げ出さなければネズミはともに沈んでしまう。ネズミが聡くあればあるほどさっさと船を下りるのだ。

いまの自分にはひとを従え引っぱる力がない。そう思った。

「では、失礼します。いずれ退職届を提出しますので」

頭を抱える聖司に森は淡々と声をかけ会議室を出ていった。ドアの閉まる無慈悲な音を聞き、聖司はひとり長机に突っ伏した。

こんな少人数のベンチャー企業で軸となるふたりに去られてしまえば、会社なんて立ちゆかない。とはいえ辞めると意思表示した人間をむりやり引き止めることもできない。

引き止めもしもう一度振り向いてもらえたとしても、彼らの明日を保障できないのだ。

考えろ、こういうときこそ策を練れ、といくら自分を鼓舞しようとしても無駄だった。怜を拒絶すれば船が沈む。船を救いたいと思えば怜に自分が沈められる。そしてなにより頼りの動力が逃げていく。これでは下手に身動きも取れないだろう。

かといって、床を踏み抜かないようそっと立っていたところで先は同じだ。

走っても、止まっても、いずれ会社か自分のどちらかが、あるいは両方が終わる。八方塞がりとはまさにこのことか。

「……まだだ。まだあがけ」

べったりと長机にはりついたまま、ひとりきりの会議室で唸るように呟いた。それでも肩や背にのしかかってくる諦めという名の重荷はまったく軽くはならなかった。

負けたくはない、負けられない、だが、どうすればいい？　ほんとうにこれ以上あがけるのか？

あの男に逆らえるのか？

いまだけ、五分間だけ頭を空にして休もう。そう決めて目を閉じ、聖司は再度身体中の空気も抜けるような溜息をついた。


アポイントメントもなく怜がオフィスを訪れたのは、それから数日後のことだった。

寝不足の頭で森と吉田の後任を、それから悪評を覆す方法を必死に考えながら書類に埋もれていたときだ。事務員の後ろに立つ怜の、いまとなっては毒々しいとさえ思う美しい姿に身体が強張る。

怜は真っ直ぐに聖司のデスクへ歩み寄り片手をつくと、身を乗り出すようにして威圧的に言った。

「兄さん、話がある。大事な話だ。ふたりきりになったほうがいいと思うよ」

ちらちらと社員の視線が寄ってくるのを感じた。この男はとうとう他人の前でも仮面をずらすようになったのか、そう思いながら無言で立ちあがる。

ふたりで会議室に足を踏み入れた。怜は椅子に座ろうとはしなかった。

閉めたドアに凭れてしばらく立ったまま聖司を眺め、それから淡々と告げる。

「投資を引きあげる」

距離を空けて同じように突っ立っていたその脚から床に崩れたくなったが、踏みこたえた。頭を横に振って目眩《めまい》を追い払い、いまさら驚くなと自分に言い聞かせる。

脅しを囁かれ断固として拒みながら、まだ時間はあるはずだと思っていた。だが、西久保から話を聞かされ覚悟した。

怜はそんなに手ぬるくはない。プライドもなにもかもを捨て命乞いをする獲物の泣き顔を鑑賞したいのだ。それができない自分をいつまでも生かしておきはしない。

鳴かないのなら殺してしまえ、それが怜だ。思い知った。だからこの展開は想定内だ。

とはいえいざ宣告されてしまうと拭いきれない絶望感に襲われる。惨めな姿など見せたくない、毅《き》然《ぜん》としろ、唇をきつく噛んでいくらそう頭の中でくり返しても勝手に顔は歪んだ。

「……唐突だな。まだ早い、もっともっと苦悩しろと言ったのはおまえだ」

低く言う聖司に怜は無表情で返した。

「社としての判断だよ。ここまで来ると僕にもどうにもできない。もう少し楽しみたかったけど、さすがにむりだ。兄さんの会社はね、もう駄目なんだよ、わかってるでしょう？　評判は悪いし企業価値も低い。うちが手を引く理由としてはそれだけあれば充分だ」

「どうせおまえが評判を落としたんだろう。こそこそと裏で動いているんじゃないのか？　森さんも吉田も辞める。噂を流して数字を操作して、ついでに森さんたちもそそのかしたのか」

聖司の言葉に、怜はそこで僅かに驚いたような顔をした。

予想外の表情だった。ついまじまじと見つめると、怜は二度か三度か目を瞬かせてからうっすらと笑った。

意味のわからない怜の反応に少し戸惑う。ざまを見ろと意地悪く哄笑《こうしょう》でもされるのかと思っていた。

「へえ？　兄さんがそう思うならそれで構わないよ。愉快か不愉快かでいうなら僕は愉快だ」

「……おまえはやりかたが汚い。そんな卑怯なやつだとは知らなかった」

「いまさらなに言ってんの？　僕が汚くて卑怯なことなんて、あんたとうに知ってるんじゃないの？　好きなだけ憎めばいいだろ。僕を憎め、僕だけを憎め、他のやつのことなど考えるな。もしこの展開が兄さんの言う通り僕の策なのだとしても、それは僕の提案に乗らない兄さんが悪いんだよ。素直に抱かれていればこんなことにはならなかったかもしれないのにね」

怜はそこまでよどみなく言うと、ふと聖司に歩み寄りふたりの距離を詰めた。思わず身を引きそうになり、それはあまりに惨めだとなんとかその場にとどまって怜を睨みつける。

身長はそう変わらないし体格にもたいした差はない。それでもいまの怜からはいいようのない威圧感のようなものがただよってくる。それをただ単純に、怖いと思った。

兄さん兄さんと猫のようにまとわりついてくる幼い怜の姿が脳裏をよぎった。

それから、身体を深く貫かれる感覚と、ごまかしようのない快楽が肌に蘇った。

激情を宿す瞳、壁を殴りつけながら怒鳴る声、あれが怜の本来の姿なのだろう。いま、力関係は完全に弟優位だ。彼が感情のロックを外せば、自分などぐちゃぐちゃに踏み潰された虫より矮小《わいしょう》な存在だ。

生かすも殺すも怜の意のままなのだ。彼はいつでも好きなように自分を犯せるし、いたぶれるし、虐げられる。

だとしてもだ。

その足もとにひざまずき靴を舐《な》めるなんて真似はできない、どうしてもできない。すべてを失っても矜持《きょうじ》だけは捨ててはならない。

「兄さん。投資を引きあげるという意味がわかる？」

怜は目を細め、どこか楽しそうにそう言った。不利、どころか劣位であるのに、それでも必死に睨みつける聖司が面白かったのかもしれない。

大きなてのひらを不意に頰《ほお》へ添えられて、聖司はつい息を詰めた。

冷酷な男の手はあたたかく、その仕草はなぜか愛おしい恋人でも撫でるみたいに優しかった。

「……わかってる」

動揺を見せまいと視線を合わせたまま答えると、怜は指先でいたずらに聖司の耳朶《じだ》をもてあそびながらまた淡く笑った。

「だったら話が早い。兄さんにはきっちり資金を返還してもらうよ。うちの取り立ては甘くない、けちな消費者金融なんか可愛く思える程度には厳しい。キャピタルゲインの見込みなしと判断した相手には、鬼だ」

「だから、わかってる。なんとかする」

「なんとかする、ねえ。こんな状況でほんとうになんとかなるの？　ほんとうに理解してるの？　兄さんは速やかに、まとめて、株式を買い取らないとならない。結構な額だよ、いまの兄さんにそんな金を用意することができるかな？」

金、か。遠慮もなく触れてくる怜の手を振り払えもせず、その場に固まったまま聖司は眉をひそめた。

そんなものはない、少なくとも手元にはない。父親の会社が倒産した際に土地と屋敷を売って作った金は後処理に消えてしまったし、遺産も同様だった。起業して三年、貯金がまったくないわけではないがそんなもの、はした金、雀《すずめ》の涙だ。

ならば新たな出資者を探す、にしても怜の言葉を借りるならまさにこんな状況だ。悪評、企業価値、大手ベンチャーキャピタルに見限られたという事実。どれもが重すぎてマイナス方向に振りきれている。

「僕に泣きついてみるか？　兄さん。助けてくださいと縋ってみるか？　僕ならなんとかしてあげられるよ」

囁く声で告げられて、聖司はようやく雑に怜の手を払いのけた。

それができるような種類の人間であれば一か月前にとうに屈しているだろう。怜にもわかっているはずなのにと苛立《いらだ》ちを覚える。

怜は払われた手をひらひらと肩のあたりで左右に振って「気性が荒い猫だな」と言った。からかっているらしい。

怒りを感じなかったわけではない。だがここで、ふざけるなだの馬鹿にするなだのきゃんきゃん騒げば負け犬の遠吠《とおぼ》えだと感情を飲み込む。

少しの間を空けてから、刃向かう言葉を吐くかわりに訊ねた。

「どうしてこんなことをするんだ」

怜は微かに首を傾けて聖司をじっと見つめたあと、わざとらしく溜息をついた。

「何度も言わせないでよ。兄さんが欲しいからだよ。欲しい、自分のものにしたい、だから僕は兄さんを支配する」

「……おれのなにが欲しい。なにを支配したい。身体なのか？　どこに価値があるんだよ、こんなもの」

「相変わらず馬鹿なひと。すべてに恵まれて育った王様は、ひとを従えるすべは知っていてもひとを理解することはできませんか。実に馬鹿」

くり返される、馬鹿、という言葉には腹が立たなかった。怜の言う通りなのかもしれない、優しげに整った顔を見つめ返しながらそんなことを思う。

怜だけではない。たとえば森、たとえば吉田、彼らのこころだって自分には見えていないのだろう。

ひとの上に立つものはひとを大事にしなくてはならないと教えられた。その通り自分は戦友たちを大事にしてきたとは思う。

だが、それだけでは駄目なのだ、足りないのだ。

だから、失うのだ。

「……子どものころ、おれはおまえを傷付けたんだと思う」

散々迷ってから、何度一緒に酒を飲んでも、押し倒され犯されても言及することができなかった「引っかかり」に触れた。

怜はまずまったくの無表情になった。それから、聖司の見間違いでないのなら、形よい眉をほんの僅かに歪めた。

やはりこれが核心なのだ。つつけば蛇《へび》が出るのかもしれないと思いながら低く続ける。

「おまえが笑わなくなってもおれは謝れなかった。なにもできなかった。だからなのか？　おまえはおれにあのときの仕返しをしているのか」

怜は眉をひそめたまま聖司の言葉を聞いていた。しばらくの沈黙のあとに、ふ、と短く吐息を洩らして答える彼の声は、聖司と同じように低い。

「傷付けた自覚はあるんだ。じゃあ兄さんは僕がなぜ傷付いたかわかってるの。あのころ僕がなにを信じ、なにを求め、なにを祈ったかわかってるの」

「……おれを馬鹿だと言ったのはおまえだよ。わかってない」

下手なことも言えないだろうと正直に返した。怜は今度こそ長々と溜息をつき「あんたほんとうに変わらないよね」と零した。

嫌味という口調ではなかった。揶揄でも侮蔑でも、嘲罵でもない。強いていうならば、彼が唇から洩らしたのはやるせなさのようなものだった。

どうしてか胸がずきりと痛くなった。子どものころに感じた戸惑いよりも強い痛みだ。

「怜。説明してくれ、おれにもわかるようにちゃんと教えてくれ。復讐だというならやめろなんて言わないし言えない。でも、このままではおれはいつまでもわからない」

「……なにを言おうがいまの兄さんは理解しないよ。完璧に叩き潰されて完全に絶望して、全部なくしてみれば少しくらいはわかるようになるんじゃない？　そこまで落ちてしまえよ。そうしたら教えてる」

怜は聖司の言葉を素っ気なくはねのけた。それもしかたがないのかもしれないとうつむく。

十年という時間を彼は必死ですごしたのだろう。すべてはこのときのためにだ。ならば、けちな謝罪などでは納得できるわけがない。

うつむいたまま聖司はぼそぼそと訊ねた。

「……猫は元気にしているか」

唐突な話題に驚いたのか怜はしばらく口を閉ざしていた。沈黙にいたたまれなくなり聖司が顔を上げると、怜はそこで困ったように笑った。

いままで見せていた支配者の顔ではなかった。

この男は事実困ったのかもしれないと思い、複雑な感情に囚《とら》われる。

汚く卑怯な方法で兄を貶める。目的のためならば手段を選びはしない。それでも彼はきっと冷たいだけの人間ではない。

「元気だよ。毎日たらふくごはんを食べてしあわせそうに眠る。僕と一緒に遊んでいるときのシロはとても楽しそうだ。ねえ、あの夜段ボール箱の中で懸命に鳴いていた可哀想な捨て猫は、僕だと思う？　それとも兄さんだと思う？」

意味がわからずただ怜を見つめた。はじめから聖司の答えなど期待していなかったのか、彼は問うだけ問うてからあっさり背を見せた。

「じゃあ、せいぜいがんばって金を掻き集めてよ。ああ、間違っても自殺とかしないでね。ま、プライドの高い兄さんはそんな真似できないか」

閉まるドアの隙間へ軽い調子で残された言葉にどっと疲れを感じた。ひとりきりになった会議室でしばらく呆然とたたずみ、それから、突っ立っていてもなにもはじまらないとむりやり足を動かす。

終わりなのかもしれない。きっと終わりなのだろう。

だとしても、惨めな終わりかたはしたくない。

会議室を出てデスクに戻ると、白い封筒がふたつきちんと並べて置いてあるのが目に入った。退職届、と表に書いてある。

見るまでもないが一応裏返すと森と吉田の名が記されていた。見回したオフィスにはすでに彼らの姿はなく、デスクもまっさらに片付けられている。

営業の宮野が不安そうに自分を見ているのに気がついた。あえて視線は返さず機械的に引き出しへ封筒をしまう。

この男もいずれ去っていくのだろう。そう思って溜息を嚙み殺した。

引き止めてもしかたがない。ひとを守れない長はもう長ではない。

アームチェアには座らずそのままオフィスを出た。ビルのエントランスを抜け、顔のないひとびとが行き交う雑踏に立つ。

いまの自分は無力だ、そう思った。

このあふれ返る人間の中で誰よりも無力だ。無力で、そしてどうしようもなく、ひとりだ。

更地に基礎から組み立てた城は崩壊しはじめている。ともに戦ってきた仲間には背を向けられ、もうなんのために走ればいいのかもわからない。視界は暗く先が見えない。

王の椅子は足が折れたのだ。いまこの首筋に剣を突きつけている勝者は、怜だ。

ひざまずけない自分が悪いのか。泣きつけない自分が間違っているのか。ともすれば襲われそうになるそんな弱気を腹の底に押し潰し、聖司はひとり冬の空を仰いだ。

それでも、怜の足もとで惨めに座り込むわけにはいかないだろう。

翌日から息付く暇もないほど駆け回った。

怜の言う通り、なんとかして金を掻き集めなければ資金返還ができない。

他のベンチャーキャピタル、個人投資家、思いつく限り当たったたが、どこでも渋い顔で出資を断られた。当然銀行などはまともに話も聞いてくれない。

半年前であれば話は違ったろう。しかしいまや自分の会社は、ついでに社長である自分まで悪評まみれ、もはやそこには一円の価値もないということだ。

営業の宮野は、怜から投資引きあげを告げられた翌日に会社を去った。宮野だけではなく他の社員もばらばらと辞めていく。

聖司は怜の属するベンチャーキャピタルに見限られた事実を伏せなかった。黙ったまま水面下で足をばたつかせることもできたのかもしれない。だが、巧く事が運ぶ可能性は低かったし、なにより仲間に対してあまりに不誠実であると考えた。

最後まで残ると言ってくれた社員もいた。

端から出資を断られ続けてもう次の手も思いつかなくなったころに、聖司は彼らに退職金を手渡した。微々たる金額ではあったがそれで精一杯だった。

ひとのいなくなったがらんとしたオフィスを見渡して、案外広かったんだな、などとひとり思った。もうオフィスのレンタル料も払えないし、払ったところで意味もない。なにせそこで働く人間がいない。

ほんとうにおしまいだと実感した。

父親の会社が倒産して以来三年間、寝る間も惜しんで戦友たちとともに懸命に盛り立ててきたこの会社は、もう終わりなのだ。

とはいえ感傷に浸っている余裕はない。

最後の仕事、ベンチャーキャピタルへの資金返還が残っている。

もし新しい出資者が見付かっていれば道は拓けたのだろう。しかし見付からない以上は自ら株式を買い取るしかないのだ。その金をどうやって手に入れるか。

八方塞がりだ。いつかもそう思ったが、今度こそ完全にお手上げだった。

万策尽きたとはこのことだ。

数日悩んでから、ひとり頭を抱えていたところで良案が浮かぶわけもないかと西久保に電話をかけた。

こんなありさまを見せるのは情けないし、迷惑をかけたくないとも思う。しかしいまは知識も経験もある彼の忌憚《きたん》ないアドバイスが欲しかった。

「酒を飲みに行かないか？　いつかのお礼におごるよ。金欠だから居酒屋で勘弁してくれ」

電話口で言えたのはそんな程度の軽い誘い文句だった。

聖司の会社がどのような状況にあるのか当然情報は入っていたろう。西久保は聖司がなにを求めているのか、それから巧くその望みを言葉にできないことも察したらしい。

『そりゃあいい。おれもたまには友達と酒を飲みたいと思っていたところだ。安酒でいいからおごってくれ、と言いたいがおれは立派な年上だし金持ちだからせめて割り勘な』

同じような調子で返されて、この男はまだ自分を友達と言ってくれるのかとほっとした。

以前怜と訪れたことのある個室居酒屋で待ちあわせをした。今度は先に着いていようと思ったが、残務に追われ店に着いたのは約束の時間ぎりぎりだった。

西久保は聖司の顔を認めると、いつもと変わらない様子でひょいと片手を上げた。いきなり哀れみの目で見られたらどうしようかと少しばかり緊張していたので、思わず安堵の溜息をつく。

向かいの席に座り、とりあえずビールと簡単な肴を注文した。こんな安居酒屋で不満はないのだろうかと顔を盗み見た西久保は、特になにも気にしていないらしい。普段通りの声で「おれもビール、あと串焼き盛りあわせ」と店員に声をかけた。

気にしていないのか、気にしていないふりをしているのか。真意は知れないがありがたかった。

ビールがテーブルに置かれるまでの短い時間にどうでもいい世間話をした。いい加減冬の寒さに飽きてきただとか春になったら夜桜が見たいだとか、そんなものだ。

自分が切り出すのを待っているのだということはわかった。

「知ってるか」

だから、酒を届けにきた店員が去ったタイミングで、それに口をつける前に問うた。

自分の会社の状況を把握しているかと訊きたかったのに、巧いセリフは出てこなかった。だが、言葉が足りなくても西久保にはきちんと通じたらしい。

「知ってるよ。おれを誰だと思ってるんだ？」

威勢よくビールをジョッキの半分くらいまで飲んでから、西久保は平然とそう答えた。

「おまえがなぜおれを酒に誘ったのか、それも多分知ってる。金が欲しいわけじゃないんだろ、おまえはおれの意見が欲しいんだ。違うか？」

「違わない……。忙しいのに呼び出して申し訳ない」

「ほんとうにお育ちがいいな。わざわざ謝るなよ。おれとおまえは友達だぞ」

飲め、というように目の前のジョッキを指さされて素直に口へ運んだ。久しぶりのアルコールは旨かった。

まさかいまさら酒がおいしいと感じられるなんて予想外だった。西久保の顔を見て安心したのかもしれないと思う。

「お節介にも少し動いてはみたんだがな」

運ばれてきた串焼きに食いつきながら西久保は言った。テーブルにはサラダも刺身も並んだが、それらにはあまり興味がないようだ。

「いや、金だ。おまえに回せる金が湧いて出ないかと、おれなりにあちこち当たりはしたんだ。だが惨敗だ、いまのおまえに資金を出したがる投資家はいない。なにせ評判が悪すぎる。ああいう連中は情報に敏感だし、鈍感なやつにだってひどい噂が届いてるからなあ。おれの力だけでは覆せないんだよ」

「……ありがとう。どうやっても新しい出資者なんて見付からないことはおれもわかってる。というより、思い知った」

「だろうな。お疲れ、社長。ひどい顔色して男前が台無しだぞ」

お疲れ、そのひとことに込められた情に、西久保のいつも通りの口調に、なんだか泣きたくなった。ごまかすためにジョッキを傾け西久保と同じように半分まで空けた。酔いの気配は微塵《みじん》も感じなかったが少し落ち着く。

この男は自分のために尽力してくれたのか。そう思うと嬉しかったし、やっと人心地がついた気分だった。

「諦めろ」

だからなのか、次にきっぱりとそう言われても悔しさは湧かなかった。

相手が西久保だったから素直に聞けたのかもしれない。それに、もう諦めるしかないということは自分でも理解していた。

「もう一度会社を建て直そうなんて考えるな。むりなものはむりだ、こうなっちまえばあがいても無駄だ。おまえがいまやるべきは、単純に、金策だけだ。おまえは家柄がいいんだ、そういうのはこんなときにこそ役立てろ。佐伯の家に少しでもつながりのある一族すべてに頭を下げろ、金借りてこい。申し訳ないとか屈辱だとか恥だとか考えるな、役に立たないプライドはいまだけは捨てちまえ」

「……それしかないんだろうな。できれば周りに迷惑はかけたくないが」

「馬鹿か。いいか？　金持ちってのは身内に頭下げられるといい気分なんだぞ？　遠慮せずにたんまり借り作ってやれよ。で、そのうちまた一発当てて、返せ」

はあ、と知らず吐息が洩れた。

そのうちまたと言ってくれるこの男は優しいのだと思う。西久保のさりげないあたたかさに少し力が抜けた、それゆえの小さな溜息だった。

ジョッキを最後まで空けて頷いた聖司に、西久保もまたビールを飲み干し頷いてみせた。通りかかる店員をつかまえ新しい酒を頼んで再度向かいあう。

西久保はそこでふと、珍しく深刻な表情を見せ聖司に問うた。

「悪評な。あと数字。誰の仕業なのか当たりはついたのか。裏工作をしていたやつは、誰だ」

咄嗟には答えられなかった。

どう言えばこの聡い男をごまかせるのか、それとももう白状するか。一瞬悩み、さすがに後者はないだろうと眉をひそめる。

西久保は聖司の表情を認めてしばらく黙った。それからひとつ舌打ちし、聖司とは違う派手な溜息をついて言った。

「佐伯はなにやってんだ？　弟のほうの佐伯だよ、佐伯怜。信頼しておまえのところを任せたのに、助けるどころか兄貴を見捨ててどうすんだ」

不意の怜の話題にどきりとした。

詳細まではもちろん知らないだろう。だが、もしかしたら西久保はなにか感付いているのかもしれない。だから怜の名前を出したのかもしれない。そう思うとがんがん頭が痛くなった。

知られたくない、知られるわけにはいかない、当然だ。だがいましか、この男にしか明かせない。

頭の中で言葉を組み立てては壊しまた組み立てて、散々迷った末に短く告げた。

「……裏工作をしていたのは、怜かもしれない」

言えるとしたらここまでだ。

西久保は聖司のその言葉に意外そうな顔は見せなかった。やはり察していたのか、それとも驚きを隠したのかまではわからない。

じろりと睨みつけられて、僅かに身体が強張った。

「なぜだ」

「……兄弟喧嘩」

強い声での問いかけにぼそぼそと答えた。その短い言葉通りの単純ないさかいであればどれほどよかったろう。そんなことを考え、西久保との会話で少しは軽くなっていた気分がまたどんよりと重くなる。

あえてなのか西久保は串焼きを嚙んで間を置き、それから口を開いた。

「兄弟喧嘩ねえ。ま、おまえがそう言うならそれでいい。なあ佐伯、もし黒幕がおまえの言うように弟だったとしたらな。ほんとうに、絶対に、なにをどうやっても、おまえはこの業界から消えることしかできないぞ」

西久保の言葉には力なく頷くことしかできなかった。そうだろうな、そうだろうか、相槌も打てなければ疑問も挟めない。

いつでも美しく涼しげに笑っている怜の、真の姿なんてもう知っている。

あの男の本性は荒々しい炎であり、執着心の強さは、異常だ。

「あいつはいまや名の知れた有能なキャピタリストだ。発言力は非常に大きい。多分おまえが思っているよりはるかに大きい。あいつの言葉であればみな信じるんだよ。小さな煙でも真っ赤な嘘でも、誰もが信じちまう。裏工作をしたのが佐伯怜の意思なら、真っ赤な嘘は紛れもない真実になるんだよ。永遠に、だ」

「……永遠に、か。確かに消えることしかできないな」

二杯目のジョッキには手を伸ばせないまま呟いた。西久保の言葉が事実なのだとしたら、つまり自分は二度とやり直すことはできないというわけか。そう考えると気が萎えるどころか芯が折れてしまいそうだった。

そして、残念ながら西久保は事実しか言わない。

飲め、食え、と指示されてなんとか酒と肴を片付けた。それでも少しも酔えはしなかったし腹が満ちた感覚もない。

　ふたり席を立ち、約束通り割り勘で会計をすませる。ここでおごるよと言わないところが西久保の気づかいなのだろう。

　店を出たところで思いきり背を叩かれた。

　思わず振り向くと、西久保はいつも通り明るく笑っていた。

「しっかりしろ。窮地にこそ踏んばれ、切り抜けろ、おまえなら大丈夫だ。で、窮地を脱したらまた酒を飲もうぜ」

　その表情もやはり彼の気づかいだ。こんなときでも、こんなときだからこそか、友人が見せてくれる偽りのない笑顔が身にしみる。

　ひらひらと手を振り去っていく西久保の後ろ姿をしばらく眺めてから背を向けた。コートの前を掻き寄せても冬の風はひどく冷たい。

　なにもかもが怜の仕込みであるのなら、確かにもう自分がこの業界で返り咲くことはないのだろう。会社のみならず自分も終わりなのだ。だとしてもだ。

　責任はきっちりと果たさなければならない。壁の前で間抜けに座り込んでいるわけにはいかない。西久保の言う通りだ、窮地にこそ踏んばれ、頭の中でくり返し言い聞かせる。

　駅への道を歩きながらふと怜の美貌を思い出した。

　助けてと縋るか、なんてことを囁かれた。

　馬鹿馬鹿しい。すべてを失っても捨てられないものはあるのだ。最後の矜持まで怜に明け渡してしまえばそれこそ完全に、おしまいだ。

卑劣な手段で自分を屈辱に突き落とそうとする、その男を頑《かたく》なに拒んできたのはなぜだ？　それはなにより彼が弟だからだろう。

頷いてしまえば楽になる。縋りつけばこの重荷は下りる。わかっている。だが、そうして落ちる沼の名は、罪悪だ。ひととき錯誤の解放に身を委ねたところで、泥水の中では呼吸もできない。

咎《とが》の足枷《あしかせ》に食われるくらいなら身ぐるみはがされたほうがましだ。だいたい、これだけ抗っておいていまさら怜を受け入れることもできないだろう。

欲しい欲しいと囁かれる声に惑うわけにはいかないのだ。兄弟そろって泥沼に沈んでどうする。

弱ったこころに活を入れるように首を振った。それから前を見据えて凍える道を真っ直ぐに歩く。

胸を張れ。

城は築いた基礎まで落ちた、仲間はひとり残らず消えた、両手は空だ。それでも、折られようが溶かされようが何度でも強さを取り戻す自分の芯だけは、決して手放したくなかった。


なんとか金銭面にかたがついたのは、投資引きあげを告げられてから一か月ほど経ったころだった。

怜と再会したのが夏の終わり、だからもう半年近くがすぎようとしていた。そろそろ冬も終わりの気配をただよわせている。

とはいえ寒いものは寒い。冬を楽しめるのは恵まれた人間だけなのだと聖司はようやく知った。

西久保から受けたアドバイスの通り、聖司は親類縁者の屋敷を回り床に頭を擦りつけた。名家に生まれたことをそれまでは特に意識もしていなかったが、辿れば富者に行き着く血筋にはじめて感謝した。

父親の会社が倒産したときでさえ自力で処理し、そのうえ起業までした佐伯の息子がようやく頭を下げた。彼らはそれに満足したのか、たいして理由も聞かずに聖司へ金を貸した。

金持ちは頼られると気分がいいものだと西久保は言っていた。つまりは下に見られているということになるが、金を必要としているのは事実なのだからしかたがないかと思う。

そうしてなんとか掻き集めた金と手元にあった貯金はすべて、ベンチャーキャピタルへの資金返還に当てた。

残ったものは財布に入っている数万円のみだった。これがなくなれば正真正銘の一文無しだと苦く笑ってしまう。

ひとりで住んでいた賃貸マンションは解約した。衣類も家具も処分した。当然クレジットカードも携帯電話も手放した。

あって当たり前だったものがいざなくなってみると心細かったし、なにより生活に困る。金が余っていたとはいえないが、自分はそこそこ豊かに暮らしてはいたんだなと実感した。

マンションを出て数日は安価なカプセルホテルで寝た。

なにもないのならまたゼロからやり直すしかないと、昼間は足を棒にして働き口を探した。とりあえず、知識と経験があるＩＴ業界に端から当たってはみたものの、界隈にはくまなく悪評が届いているらしい。いずれも渋い顔で追い返された。

ならば、コンビニエンスストアでもファミリーレストランでもいいからアルバイトをしようかと、近場の店何軒もに足を運んだ。

高校生ですら採用されるのにすべて申し訳なさそうに断られたのは、おそらく経歴が無駄に派手なせいだ。

つい先日まで一企業の社長だった三十過ぎの男に、皿洗いだの接客だのができるものかと思われたのだろう。

まさにお手上げだった。

小銭さえ稼げないのだから金は減る一方だ。とうとうカプセルホテルに泊まることも不可能になり、聖司は公園や駅の隅で凍えながら夜をすごすようになった。

着たきりのスーツは薄汚れて、もうどこから見ても立派な浮浪者だなと思った。

こんなありさまでは職を探すなんてますます困難だ。

寝る場所さえ確保できないのだから、まともな食料が買えるわけもない。生きている以上は腹が空くがゴミ箱の残飯を漁《あさ》るのはさすがに遠慮したい。

頼れる人間はいなかった、というより頼りたくなかった。これ以上親類に迷惑をかけたくなかったし、笑顔で鼓舞してくれた西久保に縋るのはもっと違うだろう。

あの公園に行きたいな、ふとそう思ったのは、マンションを出てから十日ほどがすぎた夕方だった。子どものころ怜とよく遊んだ公園だ。三年前に売り払った屋敷のすぐそばにあったのだ。場所は覚えている。

電車に乗るには金が足りなかったので徒歩で行くことにした。栄養不足のふらふらとした足取りでは思った以上に時間がかかった。二時間か三時間か、正確なところは腕時計もないのでわからない。

夜だからか、辿り着いた公園にはひとけがなく、記憶にあるより小さく見えた。

子どもにとっては広い遊び場も大人の目にはこんなふうに映るのか。そう思い胸を締めつけられるような感傷に囚われた。

あのころは楽しかった。なんの疑問もなく笑っていたし、少しの不安も感じずたくさんの友達に囲まれていた。

兄さん兄さんと自分のあとを追いかけ回していた怜は、そういえば逆上がりが苦手だったな。ブランコに乗せると怖がって泣いたよな。どうでもいいようなことを思い出しながらベンチへ仰向けに寝転がる。

寒い。

睡眠不足で頭がくらくらする。

なにより、腹が減った。

どんな逆境にあっても折るまいと誓ったこころの軸も、いい加減折れてしまう。呆然と冬の夜空を見上げて考えるともなく考える。

いつか誰かに聞いたことがあった。人間がプライドを捨てるのは、寒いとき、眠れないとき、それから空腹のときらしい。

見事に三つそろった自分はどうなのだろう。

車がすぐ近くに停《と》まる音が聞こえたのは、このまま凍死でもするならそれはそれで構わないかとぼんやり思っていたときだった。

振り向く気力もなかったが、足音が真っ直ぐ自分に近付いてきたのでしかたなく顔を向けた。警官やら近隣住民に追い払われるなら立ちあがらなくてはならないだろう。

顔を向け、そこで聖司はぎょっと目を見開いた。

歩み寄ってくる影は怜だった。仄《ほの》かな街灯の下でも彼は美しかった。

「久しぶり、兄さん」

聖司の寝そべるベンチのすぐ目の前で立ち止まり怜はそう言った。再会した半年前とまったく同じ調子、まったく同じセリフだった。

慌てて聖司が身を起こすと、怜はその姿を頭の先からつま先までじっくりと視線で舐めた。

「ああ、ひどい格好だな。スーツはすりきれ薄汚れて、いつでも颯爽《さっそう》としていた兄さんとは思えない。

しかもずいぶんとやつれたね」

「……怜。なぜここにいる？」

「兄さんの写真をかざして探し回ったからだよ、ほんとうに手間かけさせるよね。この公園で惨めに寝てたのにはちょっと驚いたけど。懐かしい？」

怜の問いには答えず睨みつけた。社会的、金銭的、そして精神的にもいまや遠く及ばない高みにいる弟がこの程度で怯むわけもなかったが、にっこり笑うのも泣き出すのも妙だ。だから睨むしかなかった。

すぐには明確な憎しみは湧かなかった。

寒くて寝不足で空腹だからだろう。人間が人間であるべき三要件をひとつも満たせないとはこういうことか、咄嗟には働かない頭でそう思う。

「住む場所も食べるものもないんでしょう？　借金だってあるんじゃないの」

ベンチに座る聖司を見下ろして怜は淡々と言った。特に甘くはなかったが冷たくもない声だった。

転落した兄を侮蔑している様子はなく、勝ち誇るような表情もしておらず、錆色の目はただ静かな色をたたえている。

「可哀想にね、兄さん。僕が助けてあげるよ。だから兄さんは僕に従って。そうすれば僕が全部面倒見てあげる。住む場所も、食べるものもあげる。借金も片付けよう」

悔しさよりも先に動揺がこみあげそんな自分に嫌気がさした。怜のちらつかせる誘惑は、いまの聖司にはあまりに魅力的に思えた。

あたたかい布団にくるまって眠りたい。

腹一杯に食事を貪りたい。

しかし、それでもだ。

ここで言われるまま怜にしがみついてしまえば、いままでなんとかたえてきた堰《せき》が切れる。

「……おれの会社を、おれを、潰したやつの施しを受けろというのか」

彼を睨みつける眼差しはそらさず答えたが、その声は寒さにか困惑にか震え、ますます自分が情けなくなった。

怜はそこで緩く笑った。揺れる聖司の心中を察している顔だった。

「いやならのたれ死ねば？」

物騒な言葉には相応しくない優しい声で囁かれ、つい眉をひそめて低く問う。

「……いまさら、なにが目的だ」

反発心から出たセリフではない、ほんとうに理解できなかったのだ。

上等なスーツに上等な革靴、いっぽうは公園でみすぼらしく寝るしかできない敗者、復讐というのならもう達したろう。この男がそれでも自分に拘泥する理由がわからない。

怜は聖司の言葉にわざとらしく溜息をついた。

「しつこいよ。何度も言ったでしょう？　僕は兄さんが欲しい。自分のものにしたい、支配したい。

そのためならばなんだってするんだよ」

「……そうじゃない。ほんとうの目的だ。おれを支配して、それからどうしたいんだ。ひざまずかせたいのか、虐げたいのか。なぶり殺したいのか？」

聖司の言葉に怜はしばらく黙った。

真っ直ぐに向けられる視線に聖司は当惑した。錆色の瞳にふと浮かんだ感情がなんであるのかはわからなかったが、それが切実なものであることは把握できた。

いつか見た激情ではない。怒りでもない。ただ、なにかを希求するような目だ。

「……可哀想な兄さんを助けて、支配して、愛されたいんだよ」

ぽつりと怜が零したセリフがすぐには理解できなかった。

愛されたい？　愛されたいとはどういうことだ。その瞳の色には、弱い声にはどんな意味があるんだ？

小さな公園をざっと冬の強い風が通り抜けていく。

吹きつける寒さに思わず身を震わせ、それから聖司はきつく唇を嚙みしめた。

怜を理解できない自分が歯がゆかった。そして、そんなことでこいつはここまでの仕打ちをしたのかと思うと苛立ちも感じた。

愛されたいからすべてを奪う、意味がわからない。だいたい、こんなことをされて愛情など抱けるものか。

聖司のこころに湧いた感情を察したのか、怜は相手に有無をいわせぬ声で告げた。

「寒い。兄さん、車乗ってよ」

二分か三分か、怜をじっと睨んでから聖司は立ちあがった。睡眠不足と空腹でふらつく足をなんとか踏み出す。

ここで怜に縋ってしまえば自分は骨を抜かれた魚みたいになってしまうだろう。脅迫され犯され卑怯な手段で会社を潰され、最終的には生きていくための手段も希望も失った。

いま従えば、なにもかもを捨ててまで守ってきたこころの芯が砕ける。

だが、いま従わなければ、怜の言う通り冬空の下でのたれ死にだ。体力も気力も限界、これ以上は戦えない。

歩み寄る聖司の姿を確認すると、怜は背を向けさっさと公園の出入り口へ向かった。横付けされていた車の運転席に無言のまま乗り込む。

ためらいを腹の中で踏み潰して聖司は助手席のドアを開けた。

シートに深く座り無意識にひとつ溜息をつく。公園のベンチとは違うやわらかな感触が心地よかった。

生きている。このまま凍死でもするならそれで構わないと思ったはずなのに、自分はまだ生きている。

「……おれはおまえを愛せない」

怜がサイドブレーキを外すのを待ち、フロントガラスの向こうを見つめたまま呟いた。こんなことを言えば怒鳴られ殴られるかもしれない、それでも声に出した。嘘偽りない本心だった。

聖司の言葉に怜は苦笑した。ギアをドライブに入れ、ゆっくりとアクセルを踏みながら返す。

「ほんとうに兄さんは、変わらないね」

怜の声に感じたのは、憤りではなかった。

逆らいもせずついてくるくせに頑なセリフを吐く、そうすることしかできない自分に怜は呆れたのかもしれない。


重い身体をシートに埋《うず》め知らずうとうとしているあいだに、車は怜のマンションに着いた。

エントランスでナンバーキーを押す怜の指先を見て、ぞくぞくと鳥肌が立った。

覚えている。あの日もこうして彼の指を見ていた。それからなにをされたか、なにを奪われなにを与えられたかも当然覚えている。

ふたり無言のままエレベーターに乗り五階端の部屋まで歩いた。鍵を開けたドアから中に促され恐る恐る足を踏み入れると、真っ白な子猫がすぐそこの廊下で一生懸命鳴いていた。ドアが開く音を聞き迎えにきたらしい。

あの日、夜の道ばたで見かけた捨て猫だ。怜はほんとうにこの猫を拾ったのだと思い、なぜだかその場に崩れ落ちそうになるほどの安堵を覚えた。

子猫はあの夜に見た痩せ細った姿からは想像もできないくらいに丸々としていた。

毛並みはふさふさで綺麗にとかしつけられている。風呂はいやがる、という怜の言葉を思い出した。彼はきっと格闘しながら子猫をせっせと洗っているのだろう。

想像したら少しおかしくなった。ふっと身体の強張りが溶けていく。

「シロ。可愛いなあ、シロ」

促される前に靴を脱ぎ廊下を踏んで子猫の前にしゃがみ込んだ。白いからシロ、単純な名前は目の前の小さな命にぴったりだと思った。

つい右手を差し出した。

それから、そういえばあの夜こうして子猫を撫でたら怜は激怒したのだったと思い出し、手を止める。

触りたい。だが、触っていいのだろうか。そんな権利があるのだろうか。

「……撫でてもいいか？」

振り向かずに小さな声で問うと、怜の呆れたような声が背後から聞こえてきた。

「いいでしょう。わざわざ訊くことなの？　僕と兄さんと、それからシロはいま家族なんだから」

「……家族」

「同じ家で生活するんだよ。それを家族っていうんじゃないの」

怜の言葉にちくちくと胸が痛くなるのを感じた。子どものころ、自分はこんなふうに怜を家族だと疑問もなく信じていただろうか。思い出しては勝手に顔が歪む。

誰にも優しくされない可哀想な義理の弟、そう感じていたのではないか。だから自分が優しくしなくては、一緒に遊んであげなくては。そんなもの、家族に対する愛情ではない。

無意識に、見下していたのか。必死になって追いかけてくる捨て猫を撫でるように彼の手を取ったのか。

みゃあみゃあと鳴くシロにそっと触れた。

シロは嬉しそうに聖司のてのひらへ頭を擦りつけて、ごろごろと喉を鳴らした。

ふわふわとした毛の感触とその体温に、冷えきっていた身体とこころがあたたかくなるようだった。

可愛い。愛おしい、そばにいたい、守ってやりたい。なんの引っかかりもなくそんな思いがこみあげてくる。

「シロ、おれを覚えてるか。また会えて嬉しいよ。おれは聖司だ、聖司」

がしゃがしゃと頭やら背やら撫でながら声をかけた。理解したわけではないのだろうが、シロはにゃんにゃんとひとなつこい声を上げて聖司の手にじゃれついた。

怜が仕事をしているあいだ、昼間はこの部屋でシロはひとり留守番をしているのか。さみしかったんだ、おかえりなさい、そんなふうに言われている気がした。

しかしよく鳴く。どうやらこのマンションは防音のようだから苦情が来ることはないにせよ、派手に鳴く。

「なあ怜、どうしてシロはこんなに鳴いているんだ。どこか痛いのかな。怪我《けが》でもしたのか？」

やわらかな腹のあたりを撫でながら訊ねると、怜の手が後ろから伸びてきてひょいとシロを抱きあげた。つい振り向いて見た彼は、スーツに毛がくっつこうが特に気にもしていない様子だった。

「おなかが空いてるだけだよ。朝と夜しかごはんをあげられないから。毎晩こんなもんだよ」

「そうなのか？　よかった」

「ほら、早く中に行って。こんな玄関先で遊び回っていたらシロが飢えてひっくり返る」

「ああ……そうだな。悪い」

素直に答えてからそんな自分に戸惑いはした。小さな猫一匹にこうもあっさり警戒心を解かれてしまうなんて、自分も単純なものだと思う。

「兄さんはまず風呂だ、風呂。もう何日入ってないの？　食事を用意しておくからゆっくり、というよりしっかり洗ってきてよ」

廊下の右側にあるドアを指さされて頷いた。いやだというのもおかしいし、確かにもう数日シャワーを浴びていないから風呂に入りたい。

「着たきりの服はゴミ箱に捨てて。そこまですりきれてたらクリーニングに出したってもう復活しない。シャワーだけじゃなくてバスタブにお湯を入れてちゃんとあたたまるんだよ。タオルもガウンも適当に使っていいから。似たような体格なんだし大丈夫でしょう」

もうひとつ頷いて示されたドアに手をかけた。手をかけ、しばらく迷ってから怜を振り向きぼそぼそと言う。

「……ありがとう」

「へえ？　素直なんだね。むかしから変わらない兄さんの素直さは美徳だと思うよ」

怜はくすりと笑った。それに不意のいたたまれなさを感じ、聖司は慌ててドアの向こうに逃げ込んだ。

バスルームは広かった。ひとり暮らしでこれなのかと呆れるほどだった。

脱衣室で薄汚れた服を脱ぎ捨て、言われた通りにゴミ箱へ入れる。それからガラスのドアを開け乾いたタイルを踏んだ。

よくわからないスイッチが並ぶパネルを前にしばらく悩み、なんとかバスタブに湯を入れることに成功した。その隙にシャワーを浴び、勝手にシャンプーを使って髪を洗う。

同じように身体も念入りに洗ってから、たっぷりと湯のたまったバスタブに沈み込んだ。

適温の風呂は心地よく思わず、はあ、と溜息を洩らした。

あたたかい。生き返るようだ。

つい先ほどまで公園のベンチに横たわり凍えていた。それがいま、広い風呂に首までつかってぬくぬくしている。

仕事も金も、生きるすべさえも弟に奪われた。その屈辱もうっかり忘れるような快適さだった。怜はこうして自分を骨抜きにするつもりなのだ。わかってはいても、こんな安楽に浸っていたら頑なな反発心まで逃げていってしまう。

豊かな湯を好きなだけ堪能してから立ちあがり、棚に積まれていたバスタオルで水気を拭いた。同じく三、四枚たたまれ重なっているガウンを一番上から取り身につける。

優しい柔軟剤の香りしかしないのに、なぜか怜の感触を肌にまとっているような気がして戸惑った。スリッパを引っかけてバスルームを出ると、暖房で廊下まであたたまった部屋全体によい匂いがただよっていた。それにつられてふらふらと踏み込んだダイニングキッチンのテーブルには、実に旨そうな食事が並べられていた。

生ハムとアボカドの冷製パスタ、サラダ、スープ。見る限り手作りだと思う。怜が作ったのか。もう何日もまともに食事を摂っていなかった腹が勝手に鳴る。

シロは部屋の隅でステンレス製の餌入れに顔を埋めていた。なにを言いたいのかわからないが、みゃ、みゃ、と時折声を洩らしながらムース状の餌に食らいついている。

可愛いな、と思った。同時に、自分も食事にありつきたい、とも思った。

「兄さん。突っ立ってないで座れば？　おなか空いてるんじゃないの」

ぐうぐうと腹の音を立てている聖司を見て怜が笑った。冷たくもなく嫌味でもない、やわらかな表情だった。

それに少しどきりとしてしまってから、聖司は言われるままに怜の向かいへ座った。怜はスーツのジャケットを脱ぎネクタイを抜いてはいたがそれだけで、着替えた様子はない。急ぎ食事の用意をしたのだろう。

計算だ、計算であるはずだ。風呂に入れるのも食事を与えるのもすべて自分を支配するための怜の策略だ。

なのになぜこの男はこんなふうに笑うのだろう。かいがいしく世話を焼くのだろう。

愛されたい、そう呟いた彼の声がふと蘇る。

「食べてよ。ああ、スープからにしたほうがいいよ。しばらくなにも胃に入れていないなら優しいものから」

指示するというほど強い口調ではなかった。促されるままスプーンでスープを掬《すく》い口へ運ぶ。その手が僅かに震えたのは、目の前に食べるものがある、食事ができるという興奮のせいだったのだと思う。

スープは単純においしかった。野菜がたっぷり入ったミネストローネだ。

缶詰ではなくやはり手作りの味だった。つまりは怜がその手でタマネギを切ったりにんにくを炒めたりして作ったのだ。

腹を減らした自分のために、だ。

空っぽだった胃が要求するままに、がつがつと食いついた。いまさら見栄もなければ恥もない。怜はのんびりとスープを味わいながら穏やかに言った。

「よほど空腹だったんだね。お上品な兄さんでもそんなふうに食べるのか。おいしい？」

「おいしい」

迷わず短く答えて、その間も惜しくまたスープ皿にうつむく。やわらかく煮込まれた野菜も、トマトスープの最後の一滴までも平らげてから聖司はようやく顔を上げた。

そこでぴたりと怜と目が合い、ぴくりと肩が揺れた。

怜はまるで愛おしいものでも見るような眼差しで聖司を眺めていた。

「……変な気分だ。どうしておまえはおれにここまでするんだ。憎んでいるんじゃないのか」

視線をサラダに逃がして小さく問う。だが、くすくすと笑う声が聞こえてきてつい怜へ目を戻してしまった。

怜は唇に笑みをたたえたまま、おかしそうに返した。

「憎んでいる？　なぜ？　別に憎くはないよ。兄さんが憎いだなんて僕は一度も言ったことないと思うよ」

「……憎たらしいからおれを路頭に迷わせたんじゃないのか。嫌いだから、はめたんじゃないのか」

「違うよ。ねえ兄さん、よく考えたら？　憎たらしくて嫌いな男のために僕がわざわざ食事を作るの？　こんなふうに面倒見る？」

そう言われてしまえばどう答えたらいいのかわからない。

黙っていると餌を食べ終えたシロが足もとにまとわりついてきた。かしかしとスリッパを噛み、遊んで、遊んでとねだっている。

身を屈めて指先で喉を擽《くすぐ》ってやったら、シロは嬉しそうににゃあと鳴いた。

「シロ、一瞬で兄さんになついたね」

次はサラダ、と指先で示しながら怜は笑った。再会してからの数か月、意気投合していた時期に見ていた笑みに似ていたが、もっと甘くもっと優しい表情であるようにも思えた。

あの数か月彼はなにを考えて笑っていたのだろう。そしていまはなにを考えている？

「まるでむかしの僕みたい。屋敷でも、学校でも、兄さんに遊んでもらいたくてくっついて回ってたよね。兄さんは人気者だったから追いかけるのも大変だったよ？　いまのシロはあんな感じ。兄さんはたいしたひとたらしだけど猫までたらすのか」

くっついて回っていた。怜の言う通りだと思い出す。

そして小さな怜はあの日をさかいにそれをやめた。

やはりどう返せばいいのかわからず無言でサラダを食べた。スパイスのきいたドレッシングもおそらく手作りなのだろう、知らない味がする。

スープであたためられ余計に腹が減った気がしてきて、これもまた夢中で口に運ぶ。一瞬でサラダの皿を空にした聖司に怜はやはりまたくすりと笑った。

「いや、違うか。子猫みたいに一生懸命食べて、やっぱりシロは兄さんだ」

そんなにがっついているのか、いくらか腹が満ちようやく少しの恥ずかしさを覚える。

いよいよありついた冷製パスタは文句なくおいしかった。こってりとしたアボカドの食感と生ハムの塩味がたまらなく旨い。

こればかりは一息に食べてしまうのが惜しい気がして、じっくりと時間をかけて味わった。丁寧にフォークを使う怜とスピードを合わせ、同じタイミングで食事を終える。

「……ごちそうさまでした。ありがとう」

少し悩んでから素直に口に出すと、怜は目を細めて聖司を見つめ微笑《ほほえ》んだ。

「どういたしまして。さあ、僕これ片付けてしまうから、兄さんはそのあいだリビングでシロと遊んであげて」

皿を手にシンクへ向かう怜に「わかった」と返事をして、シロを抱きあげ指さされたリビングへ足を踏み入れた。広い。ソファ一式にテーブル、家具はあまり多くなく、壁の二面を塞ぐ大きな本棚が目立つ。

怜はどんな本を読むのだろうと気になりはしたが、シロににゃあにゃあと急かされたので探索は諦めた。ソファに座り、テーブルの上に置いてあった毛糸玉をカーペットに転がしてやる。多分これはシロ用の玩具だ。

シロは毛糸玉を追いかけて走り回った。口にくわえて聖司の足もとに戻ってきては自慢そうに見せてくる。その頭をぐしゃぐしゃと撫でて褒めてから、また毛糸玉を放る。

何度も何度もくり返しながら、こんなに単純な遊びで飽きやしないのだろうかと不思議に思った。だがシロはいつまでも毛糸玉にまとわりついていた。

それでもさすがに疲れたのだろう。三十分ほどするとシロは聖司の足もとでくるりと丸まった。抱きあげた身体はくったりと脱力している。もう眠る時間なのか。

ソファに寝かせてやりそっと毛並みを撫でる。そうしながら、いま自分が信じられないくらいに充《み》ち足《た》りていることを実感し戸惑いはした。

会社は潰れ、住む場所も追われ、食べるものもなかった。

それが、あたたかい風呂に入り旨い食事を摂り、あげくの果ては猫と遊んでいる。

目的はなんだと冬の風が吹く公園で問うたとき、怜は、支配して、愛されたい、そんなことを言った。

このひとときは彼の目的に合致しているのだろうか。自分はいま彼に支配され、彼を愛そうとしているのだろうか。

シロがソファの上で完全に寝入ったころに、怜がリビングへ姿を見せた。食器を片付けたあとにいつのまにか風呂に入ったらしい。聖司と同じようなガウンを引っかけている。

「じゃあそろそろ寝ようか」

なんでもないことのようにそう声をかけられ、身体が強張った。

寝ようか、それは当然ただ眠りましょうというだけのセリフではないだろう。

聖司の反応を見て怜はうっすらと笑った。食事中に見せていた表情とは種類が違う、誘惑の、あるいは強者の笑みだった。

「意味わかるよね、兄さん？　あんたいまから僕に抱かれるんだよ。もちろんその覚悟でついてきたんでしょう」

「おれは……どうしたらいいのかわからない」

「考えなくていいよ。素直に僕に従えばいい。兄さんはいまそれしかできないんだから。逆らえない、抗えない、従うしかない」

聖司は思いきり眉をひそめた。悔しいだとか不快だとかそういうはっきりとした感情というよりも、零した言葉の通り、どうしたらいいのかわからないという混乱にだった。

はねのけるべきだ。追い出されて再度寒空の下震えることになろうといやだと示すべきだ。それが自分という人間でありプライドであるはずだ。

だが、いま自分はほんとうにいやがっているのか。ほんとうに、怜に抱かれるくらいならば死んでやれ、そう思っているか。

つかつかと歩み寄ってきた怜に手首を掴まれた。乱暴ではなかったが、有無をいわせぬ強引さではあった。

「……シロが」

苦し紛れに呟くと、怜は淡く笑ったまますいと目を細めた。

「寝室には入ってこないよ。だいたい、遊び疲れてもうよく眠ってる。邪魔なんかしないさ」

「……おれがいまなにを考えているか、おまえにわかるか」

手首を取られたまま掠れた声で怜に問いかける。質《ただ》すというよりも、この混乱の正体を怜に教えてもらいたかった。

怜はじっと聖司を見つめたあと、今度は深い笑みを浮かべて答えた。

「僕に抱かれてもいいかって思ってるよ」

一瞬喉を引きつらせ、それから細く吐息を洩らした。なにもかもこの男の言う通りなのかもしれないと思う。

屈辱はある。恐怖もある。だが、きっとそれだけではない。

激高した怜に犯されてからもう二か月以上が経つのか。あのとき以来自分のこころはどう変化してしまったのだろう。

信じられないような違和感と快楽がふと肌に蘇り、聖司は無意識に小さく震えた。手首を握るてのひらでそれを感じたのか、怜はそこで狡《ずる》いくらいに優しい声を使い「兄さんは僕に従うしかないんだよ」と暗示にかけるように囁いた。

怜に手を引かれてベッドルームへ向かった。心臓が破裂しそうなほどに高鳴っていてどうにもならない。

あの夜の、嵐みたいな行為を鮮明に覚えている。

解放を求めて泣く自分の声さえ思い出せる。あんな醜態をまたさらせというのか、そう思うと足が止まりそうになった。

怜は構わずベッドルームのドアを開け聖司を中に引っぱり込んだ。そして、ドアを閉めるなりなんのためらいもなく聖司を抱きしめた。

突然の彼の行動に身体が強張る。あの日怜はこんなことはしなかった。抵抗を言葉で奪いながら、乱暴な手でいきなり服を引きはがしベッドへ押し倒したのだ。

抱擁は強く情熱的だった。単に犯すだけならこんなものは必要ないだろう。意味がわからないだけに身体の力が抜けない。

「ようやく兄さんに触ることができる」

怜は聖司の首に顔を埋め、香りを確かめるようにひとつ大きく呼吸してからそう言った。

「二か月以上だよ。二か月以上のあいだ僕は毎夜兄さんのことを考えていた。中の温度だとか感触だとか、いきたい、いかせてくれと泣く顔を思い出していた。兄さんは僕を思い出してた？」

「おれ、は」

「忘れてないはずだ。忘れてないよね？　こころでは理解できなくても身体は知ったはずだ。僕に抱かれるのは気持ちがいいって」

答える言葉が見付からない。

確かにあの夜の行為は忘れられるものではなかった。弟に貫かれ揺さぶられる快感は、ふとした瞬間にまざまざと蘇った。

と同時に、恐怖も、屈辱も鮮やかに蘇った。

「僕はずっとこうして兄さんに触れたかったよ」

頬や耳にくちづけをしながら怜は聖司の身体からするりとガウンを落とした。その手が少し逸っているのがわかり、余計に動揺した。

いま怜は自分を自由にできる。思う存分痛めつけることも、気がすむまで辱めることもできるはずだ。

なのになぜこんなふうに、まるでようやく腕におさめた恋人を扱うみたいに触れるのだろう。

「欲しかった。欲しくてたまらなかったんだ」

熱っぽく囁かれて知らず微かな吐息が洩れた。

求められている。あの夜から二か月以上、追い詰めいたぶるセリフをくり返し吐きながら怜はこうも自分に焦がれ、自分を求めていたのか。

欲しいからだと何度もはっきりと告げられた。

すべてを奪い取ることで、怜は自分をおのがものにしてしまいたかったのだ。欲しいから。支配したいから。

そして愛されたいから。

反発心が、恨みや憎悪がすっと薄くなるのを感じた。倒錯だ、禁忌だ、そんな言葉までふと遠くなる。

混乱までは去らなかったし理解できないがゆえの歯がゆさも変わらない。それでも、温度を隔てる膜が一枚溶けたみたいに、じわりとこころが熱くなる。

「僕がどれだけ兄さんを欲しているのか、わかって」

むきだしになった聖司の肩にひとつ音を立ててくちづけてから、怜も同じようにガウンを脱いだ。そういえば大人になってからの彼の裸体をはじめて見たなと思った。あの夜この男はシャツを脱ぎもしなかったのだ。

美しくしなやかな肢体にまず見蕩れ、それからすでに緩く反応している性器を目にしてついごくりと喉を鳴らした。

自分を抱きしめ肌に触れただけでこの男は興奮する。

聖司をベッドへ導く怜の手は優しかった。やわらかく仰向けに押し倒されて、それがかえって怖いような気さえした。あの日と同じ手順ではあってもあの日と違う行為であることはわかる。

「同じようにしよう。僕と兄さんがはじめてつながった夜と同じようにする。同じように開いて、同じように兄さんの中に入る」

覆いかぶさる怜は唇へのキスこそしなかったが、聖司の肌を埋めるみたいにところ構わずくちづけをした。首の薄い皮膚を食み、かと思えば腹筋に緩く歯《は》を立てる。

肋間《ろっかん》を舌で辿られたときには妙な声が洩れてしまいそうになった。慌てて歯を食いしばり、なんとか飲み込む。

徐々に目覚めはじめる自分の身体が、怖い、とまた思った。

「でも意地悪しない。たくさん優しくして、たくさん気持ちよくさせてあげる。だから思い知ってよ。僕の気持ちを思い知って。兄さんはいまようやく僕の手に落ちてきた。あとはこころまで僕に囚われてしまえばいいいんだ」

一度聖司の肌から唇を離し怜は強い声でそう言った。それから不意に乳首を舐めあげられて、今度こそ殺せなかった喘ぎが散った。

「あ……ッ、あ、怜、待てっ」

「素直に感じてよ」

きゅっと吸われ、ぴちゃぴちゃ音を立てて舌でなぶられる。いままで寝た女にはこんなことはされなかった。怜は自分になにを教え込むつもりなんだ、動揺の消えない頭で必死に考える。

レイプではなくセックス、知らない感触と悦楽と、それから？

「あぁ、は……っ、変だ」

男がそんな場所で感じるわけもないと思っていたのに、ぞくぞくとこみあげてきたものは紛れもない快感だった。勝手に尖《とが》る乳首に歯を立てられ咄嗟に怜の肩へ両手をつく。

針を刺されるような鋭い刺激は、ただ気持ちがよかった。

この男の愛撫で自分はこうも簡単によろこぶのだ、そう思ったらさらに頭の中がぐちゃぐちゃに乱れた。

「噛むな……ッ、こんなの、は、おかしい……」

掠れた声で訴えても怜はその行為をやめはしなかった。肩に置いた手で押しのけようとする聖司に構わず、じわりと歯の力を強める。

噛みちぎられてしまいそうな痛みに興奮を呼び起こされた。自分の身体がどうなっているのかもよくわからずに細く喘ぐ。

「んぅ、あっ、あ、も……っ、駄目だ、からっ」

それでも、触れられてさえいない性器がじりじりと反応していくのはわかった。

恥ずかしくて思わず身をよじった。だが、両脚のあいだに膝を食い込ませるようにして覆いかぶさっている怜から隠せるはずもない。

するりと聖司の性器を撫ですぐに手を離し、怜はうっとりと笑った。

「気持ちいい？　気持ちいいんだね、兄さん。乳首をいじられただけでこんなふうにペニス勃たせて、可愛い」

「言うな……。そういうことを、平気、で、言うな……っ」

「なんで？　ほんとうに可愛いよ。いつだって凜《りん》としてる兄さんが僕の手で乱れる。僕は嬉しい。兄さんも、きっとそのうち嬉しくなるよ」

甘い声を耳元に吹き込まれてぞくぞくと鳥肌が立った。嬉しくなるなんてありえないと思う。それから、怜の言う通りいつか嬉しくなるのかもしれないとも感じて再度の怖さを覚えた。

怜はそこで身を起こし、片手を伸ばしてチェストからスキンジェルを取りあげた。思わず身体を強張らせる聖司の膝をあの日と同じように立てさせ、丁寧に尻を濡らしていく。

混乱のあまり目を開けていることができなかった。

いやだ。男に、弟に抱かれるなんていやだ。そのはずなのに、ジェルを塗り込められるその場所は期待でひくついている。

たった一度交わっただけだ、しかもセックスではなくレイプをされたのだ。あの夜に摺《す》り込まれた快楽はいつのまにここまで身体をむしばんでいたのか。

「あ……！　怜っ、入れるな……っ、はぁっ」

たっぷりとジェルをなすりつけてから、怜は指を一本挿し入れてきた。

ゆっくりとした動きが妙にいやらしく感じられて肌が震えた。

この違和感を知っている。はじめてつながった夜と同じようにしよう、そんなことを言った彼がいまからなにをするのかも知っている。

ぐちゃぐちゃに開いて、太い性器を突き立てるのだ。

「ああ、そんなふうにきゅうきゅう吸いつかれたら広げられないよ。中で感じてるんだね、兄さん。もっと気持ちよくなりたい？　だったらいまは少し緩めて」

「あッ！　は、あ！　うぁ……っ、そこ、怜っ」

「兄さんの好きな場所、ここだよね？　たっぷりいじってあげるから好きなだけ感じていいよ」

「ああっ、あっ、は……ッ！　や、あぅ、も……っ、助け、て」

いきなり前立腺を撫であげられて派手に身体が揺れた。痛いくらいの快感から逃げたくて必死に首を横に振る。

いやだ、やめてくれ、そう示したくてもはっきりとした拒絶の言葉は口から出てこなかった。かわりに散ったのはまるで、もっとして、もっと欲しい、とでもいうかのような喘ぎだった。

あの夜も自分は同じように淫らな声を出しはしなかったか、あの夜も結局は夢中で愉悦を求めたのではなかったたか。にじみはじめる意識でそんなことを考える。

自分のものにしてしまいたい、支配したいと怜は言った。

こうもだらしない、はしたない身体、押し倒され犯されたあの日からとうに支配されているのではないか。怜はこれ以上なにが欲しいというのだ。

「ペニスが濡れてきたよ、兄さん。擦ってあげようか？」

内側をまさぐりながら怜が囁いた言葉に、聖司は思わず頷いた。

そうしてから、かっと顔が熱くなった。ほんとうにだらしなくてはしたない、もうこのまま消えてしまいたいと思った。

なのに、身体は疼《うず》いて怜を待っている。

怜は特にもったいぶることなく聖司の性器を扱いた。最初は緩やかに、途中から意図的な動きで中からも外からも追いあげられて、びくびくと四肢が震え出す。

「あぁ、いき、たいっ、もう……っ」

またここで意地悪く焦らされるのか、焦らされるのだろう、そんなことを思いながら声にした。しかし怜はそうはせず、というよりさらに確実な手付きで聖司を頂へと導いた。

「いって。兄さん、いっていいよ、いかせてあげる。気持ちよくなれ」

「あ！　あっ、いく、あ、はぁ……ッ」

「僕の名前を呼んで。早く。早く呼んで、何度も呼んで、夢中になって呼んで」

「怜……っ、ああ、れい、れ、いッ」

指示されるままに彼の名をくり返し口に出した。怜、と音にするたび正体のわからないよろこびがつま先から這いあがってくる。

こんなに切羽詰まったセックスをしたことが過去にあるだろうか。ここまで希求されたことが一度だってあっただろうか。

憎いから、嫌いだから奪ったわけではないと怜は言った。

ほんとうなのだろう、本心だろう。ただ辱めたいだけならこんなふうに自分に触れやしない。

「そうだ。兄さんも僕を欲しがって。僕が兄さんを欲しているのと同じように、欲しがって」

薄く目を開けて見つめた怜は満足そうに笑った。はあはあ息を乱し脱力している聖司の尻に片手で受け止めた精液まで塗りつけ、二本の指を食い込ませる。

「ふぅ……っ、きつい」

聖司がつい洩らした言葉は聞かずに怜はゆっくりと指を抜き挿しした。くちゅくちゅとジェルが掻き回される音が聞こえてきて顔が歪む。

自分が発情をあふれさせ濡れているみたいだ、あの夜にも思ったようなことをまた思った。

「きつくないよ。兄さんは指より太いものを咥え込んだことがあるだろう？　気持ちよかったろう？　今夜はもっと気持ちよくなれるよ、だって兄さんはもう僕を覚えたんだから」

「ん……ッ、はあ、駄目だ、なにも……考えられなく、なる」

「考えなくていい。ただ感じていればいいんだよ」

射精した直後の力ない身体では、身じろぐこともできなかった。拒む腕さえ上がらない。それなのに、意地汚い性器がまたゆるりと勃ちあがるのを感じた。

男に尻を押し広げられてこんなにも欲情している。一度のレイプで自分の身体が作りかえられてしまったような気がして、もう何度目になるのか、怖いと思った。

そうではないのか。これは相手が怜だから、怜の指だから自分は反応しているのか。

抱きしめられた。身体中にキスをされた。嘘のない声で求められた。それに、絆された？

「上手だね、兄さん。もう一本入れるからそのまま力を抜いてて」

「うぁ、やめ……っ、はッ、そんな、に、開くな……っ」

「あとで苦しい思いをしたくないでしょう？　入らない入らないってまた騒ぐのはいやだよね？　大丈夫だよ、こんなにぐずぐずになってるんだからこれくらい」

「ああっ、あ！　も……っ、落ち、る」

試すように入り口の筋肉を解したあと、怜はためらいもなく三本の指をずぶりと突き立ててきた。そのままぐちゅぐちゅと内側を刺激され、悲鳴だか嬌声だかわからない声を上げる。

怜の指を受け入れる場所から身体が崩れてしまいそうだった。

こんな感覚は知らない。肉だけでなく骨までどろどろに溶かされていく。あの夜のようにもっと奥まで怜の硬い性器で貫かれてしまいたいと、頭ではなく身体で思った。

指では届かない場所を強く容赦なく抉ってほしい。

中をまさぐられるたびに性器がきつく屹立していくのを自覚できた。当然怜の目にもそれが映っているのだろうが、いまさら恥ずかしいとも感じなかった。

きゅうきゅうと中が疼いて目が回る。欲しい、欲しい、もうそんなことしか考えられない。

「兄さんのペニス、ぴくぴくしてるよ。一生懸命僕の指をのみ込んで気持ちいいんでしょう？　早くもっと太いものが欲しいんじゃないの」

その通りのことを楽しげな声で言われて、は、と熱い吐息が洩れた。いつのまにかぎゅっと瞑っていた目をなんとか開けて怜を見つめる。

皮膚を焼く熱が視線で伝わればいいと思った。勝手に燃えあがる身体をなんとかしてくれ、おまえの好きにしてくれ、必死に目で訴える。

もちろん怜には伝わったはずだ。だが彼は、聖司の中を指でゆるゆると撫でながら甘ったるく笑ってこう言った。

「言いなよ、兄さん。ちゃんと言葉で僕を求めてよ。どうしてほしい？」

「怜……っ、れいっ」

「さあ、言って。そうしたら兄さんが欲しいものをあげるよ。言わないとずっとこのままだよ？　いいの？」

焦らされている、意地が悪い、そう思う余裕もなかった。そそのかされるまま唇を開きたどたどしく声に出す。

「欲しい……、おまえの、ペニス、欲しい……っ、入れてくれ、早く、入れてっ」

その声を自分の耳で聞き、ようやくおのがあさましさに気付き肌が粟立った。

自分はこんなことを言う男だったろうか、はしたない言葉で弟を求めるような男だったろうか。薄まっていた羞恥と混乱が途端に頭の中で渦を巻く。

「いいよ。入れてあげるよ。わかってる？　兄さんが僕を欲しがったんだ、やめないよ」

怜は満足そうに笑った。その表情は彼の整った顔をより美しく彩った。聖司の動揺などは容易に見抜いているのだろう目を細め、あの夜と同じように脚を押さえ込んでくる。

強引な手付きではなかったが抗うことはできなかった。欲しい、入れてくれ、そうねだったのは確かに自分だ。

「ああッ！　あ！　れ、いっ、待て、待っ、て！」

怜は前置きもなく、いきなり硬い性器をぐっと食い込ませてきた。身構える前に開かれ思わず悲鳴を上げても、指でぐちゃぐちゃに広げられた場所では拒むこともできない。

「あっ、あ、駄目だ、駄目……っ、はいってくる、はいってる……ッ」

そのままずるずると身体を進められてはらはらと涙が零れた。もう知っているはずの違和感には知らなかった強い快楽がまとわりついていた。

一度だ。一度犯されただけだ。なのにもうこの身体は怜の言う通り、彼の性器を覚えてしまったのだ。背を軋ませながらそんなことを思った。

「そうだ。入ってる」

ぎっちりと根元まで埋めてから怜はそう囁き、形を確かめさせるように強く聖司を揺すりあげた。奥をぐるりと抉られて、言葉にしがたい息苦しさと、同じだけの快感が湧きあがる。

「は……ッ、あっ、やめ、ろ」

「ねえ、わかる？　全部入ってるんだよ？　兄さんは僕の全部をのみ込んでるんだよ？　こんなに中をひくひくさせていやらしいひと。やめろ？　違うよね、やめないで、でしょ」

「苦しい……、深すぎ、て、怖い……っ」

荒い呼吸の合間になんとか言葉にした。今度こそ、こころの底から怖かった。あまりの衝撃に瞼を閉じることもできない目の端からこめかみへ、とめどなく涙があふれ伝っていく。

あの夜は、怜はここまでは入ってこなかった。こんな場所まで容赦なく暴かれて、それでもよろこびを感じる自分が怖い。

この身体はいったいどうなってしまうのか。

「怖くないよ。すぐに怖いのなんかわからなくなるよ。兄さんは今夜からその深すぎる場所を僕に開発されるんだ。毎日毎日こうしてあげるからね、もう僕なしではいられないよね」

平然と告げられたセリフに思わず震えあがった。

毎日毎日こんなことをされたら頭がおかしくなってしまう。ほんとうに怜なしではいられない肉の塊になってしまう。

「最初だからゆっくりしようか。兄さんは奥だけで僕を感じて。奥だけで、じっくり、たっぷり、味わってよ」

「ひ、ああ……ッ、むりっ、怜っ！」

ず、ず、と深くを擦られ悲鳴が散った。怜の動きは言葉の通りゆっくりとしたものだったが、それでもはじめて教えられる感覚に気が遠くなるようだった。

痛みはなかった。

内臓まで押しあげられるような圧迫感と、徐々により大きくふくれあがってくる快感に頭が追いつかない。

いま自分はこの男に支配されている、完全に征服されている。食い込む硬い性器にそう知らしめられる。

「気持ちがよさそうだね？　僕にこんなふうにされて、兄さんは気持ちがいいんだよ。そんなにペニスを勃たせていやらしく腹まで濡らして、まるで僕のために作られた身体みたいだね？」

腰を使いながら怜は優しくそう言った。思考を奪って言葉を埋め込む手法はほとんど催眠術のようだったが、聖司にはそれをはねのける理性などとうに残っていなかった。

自分は気持ちがいいんだ、自分は怜のために作られたんだ。無心に親鳥を信じる雛みたいに怜の声を信じ込む。

幼いころに生じた距離も、すべてを削り取られる屈辱も、頭の中からはもはやすっかり消えていた。

「あぁ……、んぅ、れいっ、はあ、も……、いきたい……ッ」

狙いを定めた奥ばかりを徹底的に刺激されて、腕にも脚にも力が入らなくなった。前立腺を擦られる瞬間的な快感とはまったく違う、じわじわと身体をむしばまれていくような愉悦に皮膚の内側をすべて満たされる。

どれだけの時間そうして揺さぶられていたのかは、もうわかりはしなかった。数分のようにも、あるいは数時間のようにも感じられる。

「そうだね。もういこうか、兄さん。一緒にいこう、できるでしょう」

聖司が自覚もなく啜《すす》り泣きはじめたころに怜はようやくそう言った。意味もわからないまま二度も三度も頷いて返すと、怜はひどく穏やかに笑った。

ずきずきと胸が痛くなった理由はわからない。

怜は最後に僅かばかり強く腰を使い、ひときわ深い場所へ精液を注ぎ込んだ。性器に触れられてもいないのに、その感覚に引きずられるみたいに聖司もまた絶頂に溺れた。

波に抗いたくても抗えるものではなかったし、抗おうという意思もすでにない。

「ああ、気持ちいいよ兄さん。すごく気持ちいい。兄さんも気持ちいいでしょう？　あんたいま後ろを突かれただけでいってるんだよ？　あの日よりたくさん出てる、可愛いね」

「いい……っ、気持ち、いい、はぁ……ッ、おまえも、たくさん、出して……っ」

射精による快楽というよりも、もっと強い、色濃い恍惚だった。欲を放ちながらうわずった声で自分がなにを言ったのかも理解できない。

怜は応えるように数度腰を揺すり、精液をすべて聖司の中に吐き出してから性器を抜いた。途端にくたりとシーツに沈み込んだ聖司の髪を撫で、そのすぐ隣へ仰向けに横たわる。

ふたり並んで大きなベッドに寝そべり、そこでようやく脱力の溜息が洩れた。

はあはあと乱れる呼吸も愉悦に眩んだ思考もまだ整わなかったが、詰め込まれた快感で重い身体がゆっくりと落ち着いていく。

「覚えてる？」

怜が不意にそう言ったのは、まだ聖司が腕も脚も上げられずにシーツへ埋まっているときだった。あまり心情を感じさせない声だ。それでも決して冷ややかではなく、むしろどこか甘く穏やかな印象を受ける。

つい隣に目をやったら、彼は同じように横を向き聖司をじっと見つめていた。

「……なにを？」

掠れた声で問うと、怜は淡々と続けた。

「子どものころ、兄さんは僕を可哀想だと言ったんだよ。可哀想だから優しくするんだって」

どくんと心臓がひとつ強く鳴った。

もちろん覚えている。はっきりと覚えている。屋敷の自室で友人とそんな話をした。

誰にも優しくしてもらえない弟が可哀想だ、誰かが優しくしてやらないと潰れてしまう。

――おまえ、自分のしてることが残酷だってわかってる？

友人が言ったセリフの意味をいまだに理解していない。

そして、その会話を聞いた怜はドアの前で真っ青になっていた。ふたりのあいだに距離が生じたきっかけはあの日にあったのだろう。理由は知らなくてもさすがにそれくらいは把握できる。

覚えているよ。思い出したよ。忘れたよ。どう答えればいいのかわからず黙り込んだ聖司に、怜は小さく苦笑した。これも冷めた表情ではない。

それから彼は視線を外し、天井を見つめてまるでひとりごとを零すような調子で言った。

「僕は悔しかった。可哀想だと思われていただけなんだ、愛されていたわけじゃないんだと知って悔しかったし、哀しかった。だからいつか兄さんに、ほんとうに愛されたいと思って生きてきたんだよ」

怜の言葉に眉が歪んだ。

この男は幼心に、兄が発した「可哀想」のひとことが悔しかったのか。哀しかったのか？　夜の道ばたでシロを見かけて可哀想にと撫でたとき、あんなにも怒ったのはそのせいか。

だからといってなぜ自分をはめた、だからといってなぜここまでする？　怜と同じように眼差しを天井に投げて、まだ半分ぼやけている頭で考える。

垣間見《かいまみ》た怜の胸懐にちくりと痛みのようなものは感じたが、その正体はよくわからなかった。

ひとを哀れみ慈しむのはそんなにいけないことなのだろうか。見捨てられない存在をただ助けたいと手を伸ばすのは、罪か。

そんなことはないはずだ。他人を大事に思う感情に上も下もない、そして大事にすれば自然と他人は集まってくる。

それでも小さな怜は深く傷付いた。

それでも他人は離れていった。森も吉田も宮野も、そこまでぼんやりと思って不意に強い当惑を覚えうろたえる。

あるいは自分はなにか大きな勘違いをしているのかもしれない。

「いいよ。そんなにすぐにわからなくていい。兄さんはいまやっと王様の椅子を降りたところだから、これからじっくり理解してよ」

静かな怜の声に余計戸惑った。

わからない。

わからないが、知っていることはある。この男がいつだったか十年を自分のために使ったと言ったのはきっと本心だし、愛されたいという言葉にも嘘はないのだろう。


それからの生活は穏やかだった。

空腹ではない、睡眠不足でもない。寒くない。

怜は優しかった。かいがいしく聖司の世話を焼いた。シロを段ボール箱の中に見つけた夜に、それからビルとビルの隙間でも激情をあらわにした男は、いまいつでもやわらかく笑っている。

それにつけても冬の朝は眠い。

聖司は朝に弱かった。自覚している弱点だ。むりやりベッドから這い出して怜と共用の服を着込み、ふわふわ欠伸《あくび》を零しながらダイニングキッチンに向かう。

するとそこではすでに起きていた怜が、シロを足にまとわりつかせながら朝食の準備をしている。

毎朝だ。それも朝食だけではない。仕事に行っているあいだに食べてと聖司のために昼食を冷蔵庫に入れて出かけたし、夜は疲れているだろうに帰宅してすぐにきっちりと夕食を作った。

女だったら嫁にしたいくらいにまめだよな、などとどうでもいいことを思った。

ふたりと一匹で夜の食事を摂り、順番に風呂に入って、それから必ず毎日セックスをする。

どろどろに蕩かされて眠りにつき、翌朝なんとか起きあがって、またふたりと一匹で朝の食事を摂る。

昨日も、今日も、そしてきっと明日も続く単調な日々に、次第に慣れていくのを感じた。

聖司が親類縁者を回って作った借金を全部返してきた。怜がなんでもないことのようにそう言ったのは、マンションへ連れ帰られた夜から三日後のことだった。肩の荷が下りたとまずはほっとし、それからぞっとしたあの感覚はいまでも薄れない。

これが支配されるということか、怜のものになるということか。このままシロのように飼い慣らされるのか、そんなふうに感じた。

なんの不満も不足もない生活には、だから不安だけが潜んでいた。

あたたかい空間を与えられ旨い食事を差し出され、つながり果てる快楽に頭までどっぷり浸される。おかしい、これはあるべき日常ではない、ほんとうにこれでいいのだろうか。ふとした瞬間に胸に湧く疑問と当惑は不安と表現すべきものだろう。

じりじりと指先から怜の色に染まっていく。

居心地がよいのに、そうして変色していく自分は、怖い。

プライドだとか意地だとか、そういう最後の最後まで守り抜こうとした軸が溶けはじめているのが自分でわかった。やっぱり駄目だろう、やっぱり許されないだろうとは思っても、怜から逃げ出すことはできない。

不満も不足もないと同時に聖司には自由もなかった。

怜は聖司を連れ込んだ翌日に、外界に接するすべてのものをマンションから取り払った。

インターネット環境は奪われテレビもつかない。新聞は届かない。もとより携帯電話などない。そのうえカレンダーすら捨てられた。

だから、政治経済くだらない芸能ゴシップ、なにひとつわからなかった。今日が何日の何曜日なのか指折り数えたのはせいぜい五日間くらいで、あとは感覚が麻痺《まひ》した。

完全に世間から隔離されている。

怜は外出時には必ず玄関のドアを外側から施錠した。内側から開けようとしてもぴくりともしない。窓は分厚いガラスのはめ込みになっておりちょっとやそっとの力では割れそうにないし、だいたいここは五階だ。

もうこれは監禁というやつではないのか、一通り出口を探しては諦め聖司は溜息をついた。

とはいえ、鍵なんかかけなくても逃げないよと怜に告げることはできなかった。

自分がこの変化を怖いと、不安だと感じているのは確かなのだ。いつか嘘になってしまうかもしれない。怜に嘘はつけない。

それでも、一週間ほどがすぎ、十日ほどがすぎ、そうこうするうちに聖司はすっかりこの生活に馴染んだ。

こころの内側にただよう靄《もや》が完全に消えたわけではなかったが、普段はあまりその存在を感じないようになった。

そうなってしまえば怜と、それからシロとの生活はいたって穏やかだ。

夜、仕事を終えて帰宅し、疲れた顔ひとつ見せずキッチンに立った怜に歩み寄って声をかけた。

「おれも手伝う」

怜はぱっと振り向いた。その美貌に露骨な驚きが浮かんでいたので決まりが悪くなり、ぼそぼそと言い訳をする。

「毎日作ってもらうばかりじゃ悪いから……いや、邪魔だったら引っ込んでる」

「邪魔じゃないよ。ありがとう兄さん、じゃあ一緒に作ろうか」

いつも以上に華やかで、心底嬉しそうな怜の笑顔は好きだと思う。好きだと思うようになった。

怜は背の高い冷蔵庫を覗き込み、なにやらがさごそと音を立ててから「ラタトゥイユを作ろう」と言った。食べたことはあってもそんなものの作りかたは知らない。というより聖司は生まれてからこちらまともな料理をしたことがなかった。

「ラタトゥイユ」

「そう。帰りにフォカッチャ買ってきたから、ちょうどいいでしょう。鶏《と》胸肉《り》は使いきったかと思ってたけど残ってたからこれも入れようか。兄さん鶏肉好きだし」

「待て、待て。いきなり難易度が高いのは駄目だ。もっとこう、インスタントラーメンとか冷凍チャーハンとかそのあたりから」

「簡単だよ？　だいたい僕が兄さんに、そんなできあいのもの食べさせるわけないだろ」

笑顔のまま言いきられては頷くしかない。

ナスだのタマネギだのをひょいひょいと渡され、どうしたらいいのかと悩んでからとりあえず調理台に並べた。最後に差し出されたトマト缶を眺めながらなんとなく呟く。

「おまえトマト好きなのか」

「え？　トマト？」

「最初にここで食わされたのもトマトだった。煮物かよってくらい野菜がごろごろ入ったミネストローネ。おれあのとき完全に空腹だったし、ひたすら旨かったなあ」

怜は鶏肉とピーマンを手に持ったまま動きを止め、二度か三度か目を瞬かせた。素直すぎる聖司の言葉にまたも驚いたらしい。

そして、今度はいやに子どもっぽく、くしゃりと笑った。

「よく覚えてるね。僕も覚えてるよ、兄さん飢えた動物みたいにスープに食らいついてて可愛かった。もしおいしかったならよかったよ」

可愛い、という形容に戸惑いを感じなくなったのはいつからだろう。男相手に、しかも自分相手に可愛いもクソもないと思っていたがこれも慣れか、などと考えるともなく考える。

それまで餌入れの周りをうろうろしていたシロが、空腹に耐えきれなくなったのか怜の足にまとわりついてにゃあにゃあと鳴いた。怜は慣れた様子でシロを避けながら「あとで用意してあげるからちょっと待ってね」と優しく声をかけた。

――ただ愛そうと思って連れてきたんだ、愛するためにそばにいるんだ。それもできないなら最初から優しくしない。

シロを拾った話を電話でしたときに怜は確かそう言った。もうずいぶんと前のことのように感じられる。

そのあとすべてを失って公園で寝ていたところを拾われた。あの夜に怜は、ここにいるふたりと一匹は家族なのだ、そんな意味の言葉を口に出した。

自分が知っている愛、家族、その意味と、怜の言う愛や家族は違うものなのかもしれないと思う。最初からそこにあって当たり前のように手にしていた少年と、どれも手に入らなくてさみしそうにうつむいていた少年が同じ辞書で育つはずもない。

たくさんの野菜と肉、トマト缶、塩にコンソメその他諸々、一通りの材料を並べて怜の説明を聞いた。

「まずは全部切ろう、そのほうがわかりやすいと思う。切ったら、最初にオリーブオイルでにんにくを炒める、そこに鶏肉を入れる。火が通ったら野菜を入れてまだ炒める。それで、トマト缶とコンソメを入れて煮込む。二十分くらいでいいかな？　塩とコショウで味を調えて、おしまい」

「いや、だから待て。それを素人のおれに任せようってのか」

「ちゃんと教えるからやってみたら？　案外楽しいよ、料理」

優しい声だが、怜が状況を面白がっていることはわかった。こうなってしまうと負けず嫌いの血が騒ぐ。

さっそく野菜を洗い、この山ほどの量をどうするんだと半ば呆れながら切りはじめた。切りはじめた、ところですぐに手が止まる。どれくらいの大きさに切ればいいのかを知らない。

察したのか怜がさらりと指示をした。

「一センチくらいの角切りで。ああ、でもやりにくかったら好きな感じでいいよ、どうせ煮込むし」

「舐めるな。そうとなれば完璧な一センチ大に切るのがおれの流儀だ」

手に慣れない包丁を握りしめて低く宣言すると、足もとでシロを遊ばせながら怜はくすくすと愉快そうに笑った。

とはいえいくら意気込んだところではじめからそう巧くいくはずもない。あまりに遅い聖司の作業を怜はしばらく黙って眺めていたが、半分くらいがなんとか片付いたところで包丁を取りあげた。

「残りは僕が切るよ。このままだと夜が明ける。鶏肉を炒めるところまでやるから、兄さん、そのあいだにシロにごはんをあげてくれないか？　缶詰戸棚にあるから」

唸って不服は示したが、正直助かったとは思った。

ステンレス製の餌入れに缶詰を開けてやると、それまで怜に絡みついていたシロがにゃあにゃあと派手に鳴きながら走り寄ってきた。

鼻を突っ込むようにして必死に餌を食べているシロを見つめ、そこで不意にどうしようもないような切なさに囚われて聖司は戸惑った。

もう今日が何日なのかもわからない。何曜日なのかも知らない。

マンションを出ることもできないし、外部と連絡を取ることもかなわない。

なのに、目の前で子猫が懸命に餌を食べ、背後では怜が食事を作っているこの空間は、こんなにも優しくあたたかい。

優しくあたたかい、と、自分は感じているのか。

惑いを振りきるように頭を振り怜の隣に戻った。怜はみじん切りにしたにんにくを器用に炒めている。角切りもまともにできない聖司には難しかろうとはなから要求しなかったらしい。

ひとつ溜息が洩れた。手伝うと言ったはずだが、自分はただ邪魔をしているだけではないのかとうんざり思う。

「手慣れてるなあ」

ついそう零すと、一口大に切った鶏肉を鍋に入れながら怜が小さく笑った。

「そりゃあね。高校を出てからずっとひとりで自炊だもの、慣れるよ。ま、金がなかったときは白米に塩振るだけとか悲惨な食事だったけど」

怜の言葉に、追い払ったはずの切なさがまた湧きあがってきて胸がずきりと痛くなった。

この男は孤独に生きてきたのだろう。

十年間、孤独に生きながら、自分を手に入れることしか考えていなかったのだ。

「兄さん、続きやってみる？　あとは楽だよ」

肉に火が通ったころにふと声をかけられ慌てて頷いた。複雑な感情を今度こそこころの底に押し込めて怜と場所を入れかわる。

言われるまま野菜を炒め、言われるまま缶詰を開けてトマトの水煮を放り込んだ。二十分煮込むあいだにふたりで食器の準備をし、怜が買ってきたフォカッチャを袋から出して皿に載せる。

味を調えてから深皿に盛りつけたラタトゥイユは、野菜の大きさが不揃《ふぞろ》いではあるもののなかなか旨そうだった。

「兄さんの手料理なんてはじめて食べる」

ダイニングテーブルに運んだラタトゥイユを前に怜は嬉しそうに言った。その表情があまりに飾りのない素直なものだったから、無駄にどきりとしてしまった。

「……おれはほとんどなにもしてない。七、八割おまえが作ったろ」

照れ隠しのしかめ面でぼそぼそと返すと、怜はさらに楽しげに笑った。

「じゃあ合作だ。自分ひとりで作るよりおいしそうだ。こころしていただきます」

「明日」

「明日？」

怜がスプーンを手に取る前に咄嗟に言い、言ってしまってからなんだか恥ずかしくなった。だが、ここで黙ったら余計に恥ずかしいかと、きょとんと首を傾げている怜に向かって小声で続ける。

「明日も、手伝う……」

なにが恥ずかしいのかさえわからなくなるほど恥ずかしい。

怜は驚いたのか一瞬目を見開いてから、もう見蕩れるしかできないほど美しい笑みを浮かべた。囁く声で「ありがとう」と告げられて耳まで熱くなる。

あたたかい部屋で、旨そうな食事があって、怜が、シロがいる。

このぬるま湯みたいな生活に足もとから浸っていく自分が、それをじりじりと受け入れている自分が、どうしてもやはりまだ怖い。


怜が休暇の日には、たいていふたりで本を読んですごした。

インターネット環境もなければテレビもつかないのだ。だから昼間にやることなどはシロと遊ぶか料理をするか、あとは本を読むくらいしかない。

怜はなにやら難しそうな経営学の本を読むことが多い。今日もやはりリビングのソファに深く腰かけて分厚い本を広げていた。

横目で見ると全文英語だった。アメリカ帰りめ、声には出さず腹の中で呟く。

そのわりに、怜が聖司に手渡してくるのは軽い恋愛ものだとかファンタジーだとかの気楽な小説ばかりだった。馬鹿にしているわけではないのだろう、こうして彼は自分から現実感を奪い去ろうとしているのだと思う。

片手でシロと遊びながら、ふたり並んでソファに座り黙って本を読んだ。

何時間かそうして漫然とすごし、聖司がほとんど本を読み終わるころに怜がふと立ちあがった。

「兄さん。ちょっと食料を買い出しに行ってくるよ。なにか食べたいものある？」

一緒に行きたい、たまには外に出たい、という言葉は飲み込んで答えた。

「苺《いちご》」

それほど食べたかったわけではない、なんとなくだ。子どものころは冬が春に変わる時期によく食卓へ並べられていたよな、そんなことが思い返されただけだった。

怜があの懐かしい食卓を脳裏に描いたか考えもしなかったかはわからない。おそらくは考えなかったろう。父親からも母親からも疎まれ兄とも距離を置く、いまはもうない屋敷が彼にとって心地よい思い出になっているはずもない。

「苺か。そういえばそんな季節だ。おいしそうな苺を見付けて買ってくるよ。しばらく待っててね、兄さん」

「いってらっしゃい。気をつけろよ」

「シロをよろしくね」

怜は手にしていた本をテーブルに置くと、薄いコートをはおってあっさり部屋を出ていった。がちゃがちゃとドアが外から施錠される音を聞きながらひとつ溜息をつく。

外に出たい、もしそう言ったらあの男はなんと答えるのだろう。

外に出たい、いまの自分はそれをほんとうに望んでいるのか。

出られないから、どうせ出してくれやしないから。そんな言い訳をしてこの部屋に閉じこもっているだけではないのか。外敵のいない、自分を脅かすものも裏切るものもいない怜の城で、王の足もとにうずくまるペットになりさがっていやしないか。

あたたかいから、食べるものがあるから、ゆっくり眠れるから、毎夜の快楽に溺れられるから。

居心地がいいから、楽に生きられるから、大事にしてもらえるから。

敵。敵とは誰だった？　自分を脅かし裏切ったのは誰だった？　十年の月日を経て再会した弟は、自分にとってなんだった？

馬鹿馬鹿しい。いまさら考えたところで意味もないと頭を振って疑問符を追い払った。会社を潰し仲間を奪いプライドまでも踏み砕いた怜を敵だと改めて認識しても、こんな状況では無駄だと思う。

刃向かえやしないのだ。

違うのか、刃向かいたくないのか。この日常を失いたくないのか。だから、考えたくないのか。

たった数か月前のことだ。なのに、怜とふたりで酒を飲んだ居酒屋、投資の引きあげを告げられた会議室、すべての記憶がなぜか遠く感じる。

身体のみならずこころの中までゆるゆると作りかえられているような気がして、ぞくりとした。まだ大丈夫だ、まだ正気だまだまともだ、自分に言い聞かせている時点でもはや正気ではないのだ。

自分はいま怜に深く深く刺し貫かれ身動きも取れない獲物だ。

だが、だとしたらなんだ？　この生活が怜の欲しかったものだというのなら、自分など与えてやってもいいではないか？

違う。よくはない。それは矜持を捨てるということだ。なによりも尊いものを他人に明け渡すということだ。あってはならない。

しかも兄弟で。

ふたつの思いがぐるぐると頭の中を駆けめぐって吐き気がしてくる。このままがいい、このままでは駄目だ、どちらの声がほんとうの自分の声なのか。

不意に、にゃあ、とすぐそばでシロが鳴いた。

いつのまにか両手で抱えていた頭をはっと上げる。そうしたら、ソファの前に座り込んだシロが不思議そうに自分を見つめている姿が視界に入った。

まん丸な目と視線が合って身体から力が抜けた。猫にまで心配されるとは情けないと再度溜息をつく。

保留だ。なにを考えようとなにを思おうと、逃げ出せないのは事実なのだ。だから不安も恐怖も混乱も一時棚上げだ。

あのドアが開かない限りはどうにもなりはしないのだ。

あと数ページで読み終わりそうだった本をもう一度開く気にはならなかった。かといって、怜が残していった分厚い英字の専門書なんてもっと読みたくないと思う。

しかたがないのでシロを抱きあげ一緒にソファの上で寝転がった。

いくら広いソファといっても仰向けだと両足がはみだしてしまうが、横向きにうずくまるとちょうどよい。腹のあたりにシロを座らせ指先であやしてやる。

嬉しそうに指にじゃれついていたシロは、しばらくすると聖司に身体を擦りつけるようにして丸まってしまった。遊び疲れたらしい。ふくふくと腹が上下しているのを見て、ああ眠ったんだなと思ったら急に自分まで眠くなってくる。

そういえば昨晩はあまり眠っていなかった。明日休みだからいいでしょう、なんて万年休みの聖司に囁いて怜がなかなか放してくれなかったのだ。

シロの体温を感じながら瞼を閉じ、数秒もしないうちにすとんと眠りに落ちた。

その浅い眠りの中で、なにか夢を見たような気がするがよく覚えていない。

いやにあたたかかった。綿飴《わたあめ》みたいにふわふわしていて甘くてやわらかくて、えらく心地よかった。

思い出せるのはその程度だった。

眠っていたのはそれほど長い時間ではなかったと思う。ふっと浮きあがるように目が覚めゆるゆる瞼を上げると、いつのまに戻っていたのだか怜がそこにいた。

身を起こそうとして気がついた。自分は怜の膝で暢気に寝ていたのだ。マンションに帰ってきた怜が眠っている自分を見付けて枕になってくれていたのだろう。

「ああ、起きちゃった？」

身じろいだ聖司に気付いたのか、怜は読んでいた本をテーブルに置き視線を向けてきた。錆色の瞳が怖いくらいに澄んでいたものだから、なんだか戸惑いを覚え曖昧に目をそらす。

彼が不在のあいだこころに渦巻いていた葛藤を見抜かれているような気がした。そしてその葛藤は、一眠りしたせいなのか彼の顔を見たせいなのかいまは静まっている。

いつ移動したのかシロは足もとに丸まっていた。よく眠っているようだ。

「すやすや寝てた。眠かったんだね。昨日あまり眠ってないから」

「……おまえのせいだろう。全然放してくれなかった」

「そう？　そんなことないでしょう。兄さんは否定するだろうけど、僕を放そうとしなかったのは兄さんもだと思うよ」

逃がしていた視線を怜に戻して少し睨んだ。否定するだろうと先に言われてしまえば、きっぱり違うと文句も吐けない。

怜はくすくすと笑い、右手でさらりと聖司の髪を梳《す》いた。

ついぴくりと身体を強張らせてしまった。こんな行為は毎夜くり返されているはずなのに、真っ昼間のリビングで撫でられるとさすがに困惑する。

怜は聖司の動揺を認めて目を細めた。愛おしいものを見つめるような、ひどく穏やかな眼差しだった。

「寝てていいよ。怖いことなんかひとつもないよ。安心して、おやすみ」

優しい声で囁かれてふと力が抜けた。怖いことなんかひとつもない、安心して。怜が言うのならばそうなのかもしれないとまだ半ば眠りに浸っている頭で思う。

怜は嘘をつかない。そんなふうに考えたのはいつだったろう。もうずいぶんむかしのことだったように感じられる。

やわらかく髪をとかされながら目を閉じた。先ほどまでの混乱はいつのまにかどこか遠くへ去っていた。

触れる怜の体温に安堵を覚える。

この男のテリトリーはこんなにもあたたかかったのか。こんなにも凪《な》いでいて、こんなにも充ち足りたものだったのか。再び眠りに落ちていく意識でいまさらのように思った。

バスルームの掃除は聖司の仕事になった。世話になりっぱなしでなにもせずにいるのが心苦しかったからだ。

そのような意味のことを訴えると、怜は最初珍しく心底困った顔をした。

「兄さんはそんなの気にしなくていいんだよ。僕が全部面倒見るって言ったよね？　夕食の準備を手伝ってくれてるんだから、なにもしてないなんてことないよ」

だからそうやって甘やかされるとかえって尻のすわりが悪いのだ、と言うかわりに短く返した。

「昼間、暇だ」

シロがいるとはいえ、テレビも見られない部屋へ聖司をひとり置いていくことが少しは気になっていたのかもしれない。怜はしばらく迷ったあと「じゃあバスルームを洗ってもらおうかな」と渋々答えた。

怜が驚くほどぴかぴかにしてやろうと思った。

ひとり暮らしをしていたときには風呂掃除なんてうっとうしくてたまらなかったのに、怜の部屋であればやる気になる。馬鹿みたいに広いものだからやりがいもある。

シロと遊んで本を読んで怜の用意してくれた昼食を摂り、またシロと遊んで本を読んで夕方バスルームの掃除をした。端から端までスポンジとブラシを使って磨きあげる。

可能な限り丁寧にゆっくり洗ったはずなのに、リビングに戻って時計を見たら一時間も経っていなかった。

　ふうと小さく吐息を洩らした。いくらひとつばかり仕事を与えられたところで暇なものは暇だった。

　今夜も怜はいつも通り部屋に戻ってくるだろうか、ソファに埋まりコーヒーを飲みながら考える。ときどき不安になるほど遅くなることはあるが、彼は大抵決まった時間に帰ってくる。忙しいだろうに自分のために急いで帰路につくに違いない。

　では夕食を作っておこう。そう思いついたときにはひどく名案である気がした。

　仕事で疲れて戻った部屋にあたたかい食事が用意してあれば怜も気分がいいはずだ。ひとりで暮らしていたときに自室のドアを開けながら、この向こうに旨い料理が並んでいればいいのになと何度思ったことか。

　子どものころのように、怜を引きつれて屋敷の中を無邪気に走り回っていたころのようにだ。

　いつしかあの屋敷の食卓には、兄弟のあいだにさえ気まずい空気が流れるようになってしまった。いまはあるいは当時失った家族の団らんを取り戻す時間なのかもしれない。

　勢いよくソファから立ちあがりダイニングキッチンに向かった。しかしなにを作ればいいものかと冷蔵庫を開けて思案する。

　毎夜怜の料理を手伝うようになったからといって、その工程をすべて理解しているわけではなかった。野菜を切ってだとか炒めてだとか指示され、ようやく動けるようになったくらいのものだ。

　しかも怜は凝った料理を好んで作る傾向にあるから余計に意味がわからない。そのうえ調味料のたぐいは経験による目分量なので、ますますお手上げだ。

大さじ一杯と言ってくれれば理解できるのに、適当に、いい具合で、なんて軽く教えられても困ってしまう。

ああでもないこうでもないと一緒に作った献立を思い浮かべ、散々悩んだ末にオムライスを作ることにした。

そう難しい作業をした記憶はない。あれくらいならばひとりでもやってできないことはないだろう。にゃあにゃあと足もとにじゃれついてくるシロを避けながら、タマネギとピーマン、鶏肉、卵を用意した。米は炊飯器にまだ残っていたはずだ。

怜と作ったときにはもっと材料を使った気もするが構うまい。それらがなんだったか曖昧にしか覚えていないのだから下手に冒険をするのは危険だ。

鶏肉を切るのは特に困難ではなかったので気分がよくなった。

ピーマンも自分にしてはまあ細かく切れた。なかなか順調だと思う。

タマネギはみじん切り、と考え少し身構えたが手を貸してくれる怜はいない、やるしかない。いつでも見ている怜の手付きを思い出しながら危なっかしく包丁を使う。

結果、ただの角切りにしかならずに泣きたくなった。

というよりはタマネギのせいで実際はらはら涙が滴った。手早くやればここまで目が痛くならないのだろうとは思っても、そう巧くいくものではない。

心配したのかシロにみゃんみゃんと派手に鳴かれた。大丈夫、大丈夫と声をかけてフライパンを取り出す。

肉、野菜と順に炒めて、あたたかいごはんを放り込んだ。味付けにはケチャップを使うことにした。別にコンソメでもいいのだろうが怜はトマトが好きだから、そこまで考えてから妙にくすぐったくなって困った。

あのひとはトマトが好きなのよねなんて、新婚家庭でもあるまいしとひとり気恥ずかしくなる。ちょこちょこと味見をしながら塩とこしょうを振り、タマネギが異様に目立つチキンライスを一度皿に取り出した。ざっと洗ったフライパンで今度は割りといた卵を焼く。

ここから先は見よう見まねだ、以前作ったときには怜がやってくれた。菜箸《さいばし》で卵を掻き混ぜながら僅かに緊張する。

ほどよい焼き加減になったところで、皿へ避けておいたチキンライスを中央にそっと乗せた。恐る恐るフライ返しを使って卵でライスを包もうとするが、もちろんこれもそう巧くいくわけがない。

怜は簡単そうに手首を使ってひょいひょいと卵をまいていた。あれはどんな魔法なんだ、それとも自分が不器用すぎるのかとうんざりしてくる。

完成したオムライスはオムライスというよりも、チキンライスのスクランブルエッグ添えといったありさまになった。卵は破れところどころに不格好な痕跡を残すのみで、正直あまり旨そうではない。

悔しいのだか哀しいのだかよくわからない、おかしな気分になった。

それから、チャレンジ精神こそが成功への大事な一歩だと自分を納得させることにした。

これなら大人しく怜の帰りを待っていたほうがよかったのではという後悔は無視をする。食えるもので作ったのだから食えるのだ、みっともなかろうがたとえまずかろうが食えば食える。頭の中で強引な理屈をくり返す。

それでも、皿をテーブルに並べるのと同時に素晴らしいタイミングで鍵の音がしたときには、びくりと身体が強張った。

あの男のことだ、叱りはしないだろう。しかしこれを見たら困るかもしれない。無言で食事を作り直されでもしたらチャレンジ精神も粉々になってしまう。

「ただいま」

玄関から聞こえてきた声に「おかえり」と返して、平常心を装うために猫用の缶詰を開けた。途端に騒ぎはじめるシロの前に餌を盛った皿を差し出してやる。

「あれ？　なんだかおいしい匂いがするけど」

怜はいかにも不思議そうな顔をして、スーツを着替える前にダイニングキッチンをひょいと覗き込んだ。それから、大げさなくらいに驚いた表情をした。

片目でちらちらと怜の様子をうかがいながら、みゃんみゃんと声を上げて皿に顔を埋めるシロを眺めるふりをした。こんなふうに鳴きながら餌を食うのは普通なのだろうかシロだけなのか、気もそぞろにどうでもいいことを考える。

「なに？　兄さんが作ったの？　僕のためにひとりで食事を作ったの？」

薄手のコートを脱ぎもせず、怜はずかずかとダイニングキッチンに入ってきた。テーブルに並ぶ正体不明の料理をしばらくじっと見つめる。

「オムライス……」

ぽつりと怜が零したので、とりあえず意図が伝わりはしたのかとまずそれにはほっとした。

これはひどいね、これは失敗作だな、続くセリフをひやひや待つ。すると、振り向いた怜に腕を掴まれ、シロの前にうずくまっていた身体を引っぱりあげられた。

そのまま正面から、いきなり強く抱きしめられたので息が止まった。

ベッドルームでならこうされたことは幾度もあるが、こんな場所でこんな時間に抱きしめられたのははじめてだった。

聖司が思わず身じろいでも怜は腕を離しはしなかった。それどころが逆に、放すまいとでもするかのようにぎゅうぎゅうと抱きすくめてくる。

さすがに呼吸も苦しくなるころに怜はようやくそっと腕を解いた。

それから間近に聖司を見つめ、いまだかつてないほど嬉しそうな、もうほとんど泣き出しそうな笑みを浮かべて言った。

「ありがとう。とてもおいしそう」

礼を言われるほどのことはしていないし間違っても旨そうではない。そうは思ったが、素直に胸へ満足感がこみあげてきてぞくぞくした。

この男は自分が不格好なオムライスを作っただけで、こんなにもよろこぶのか。

そして、自分はそれがこんなにも嬉しいのだ。

駄目だ、やめろ、馬鹿馬鹿しい。自分は怜にすべてを奪われたのだし、しかも監禁されているのだ。いくら頭の中でそうくり返しても湧き出る感情には勝てなかった。

嬉しい。

自分はいつのまに、怜にここまで懐柔されていたのだろう。強制されたわけでもないのに一生懸命下手なオムライスを作った。半分泣き顔のような笑顔でよろこばれて単純に嬉しくなった。

そんなふうに感じてはいけないはずなのに、彼に対して情なんて抱いてはいけないはずなのに。

徐々に薄れていく憎しみや恨みや悔しさのかわりに、なにかあたたかいものにこころを支配されかけている。

嬉しい、そして、怖い。

「食べよう、兄さん。冷めてしまう。せっかく作ってくれたんだから早く食べよう」

怜は慌ただしくコートとジャケットを脱ぎ、無造作に椅子の背にかけオムライスの前に座った。皺《しわ》になるからハンガーにかけろだとかまず着替えてこいだとか言える雰囲気ではなかった。

ほんとうに、怜は早く自分の手料理が食べたいのだ。

そういえばスープもサラダも用意していなかった。怜は必ず二、三品はテーブルに並べるのに片手落ちだ。とは思ったが、いまからばたばた準備してもきっと彼はよろこばないだろうと大人しく向かいに座る。

怜は待ちきれないとでもいうかのようにさっさとスプーンを摑み、促す前に「いただきます」と言った。

いつでものんびり食事をする男が今夜はなかなかに行儀が悪い。シロみたいだなと頭の隅で考え、ついくすりと笑ってしまった。

「どうぞ。その、あまり旨くはないと思う」

聖司がぼそぼそと言い訳を零すより早く、怜はスプーンを口に運んでいた。オムライスのようなチキンライスのような料理をしばらく黙って味わい、それからどきどきと反応をうかがう聖司を見る。

「すごくおいしい。兄さん、すごくおいしいよ。こんなにおいしいオムライスを僕はいままで食べたことがない」

言いすぎだろう。そう突っ込みたくても、満面の笑みでそんなふうに告げられてしまえば洒落た自虐の言葉も出てこない。おまえの舌はおかしいんだ。褒めすぎると教育に悪いぞ。あれこれ考えた末に結局声になったのはこれだけだった。

「……ありがとう」

激しく照れたせいで妙な顔になったかもしれない。

普段の姿からは考えられないような余裕のなさで怜はオムライスを平らげた。その向かいで、シロというよりは子どもみたいなのか、などと考えながら一緒にスプーンを動かした。

客観的に味わってみれば特に旨くもまずくもないオムライスだった。というよりはタマネギが大きくて若干邪魔だ。切っているときには感じなかったが、鶏肉も少し大きくて食べづらい気がする。百点満点でつけるとしたらせいぜいが五十点か。見た目も考慮に入れれば三十点。少なくとも、決して怜が言うほど素晴らしい料理ではない。

それでもこの男はおいしいおいしいと自分の手料理を食う。

ものぐさな兄がせっかく作ってくれたのだからと気をつかっているわけではないのだろう。怜にとってはこのオムライスは、おいしいのだろう。

ずっと欲しかった、支配したかった、愛されたかった相手が自分のために作った食事だからだ。

困惑のような、ときにふと感じる切なさのようなものがこころをよぎってついうつむく。いま目の前で笑っているのは、あの日に傷付けた幼い怜なのかもしれない。

ふたりのあいだに空いた距離を、溝を埋めるために、十年の空白を経て彼は自分の前に現れたのかもしれない。

それが生じてしまうまでの怜は、いつもこんなふうに笑っていたはずだ。

追い詰め、脅し、破滅させ、路頭に迷わせ閉じ込める。怜がしたかった復讐はほんとうにそんなものなのか。そもそも彼は復讐がしたかったのか。

思い返せば怜が復讐という言葉を使ったことは一度もないのだ。確かに残酷な手段でなにもかもを奪われた。だが、それは実は復讐のためではない？

「……愛されたい、か」

ぽつりと唇から洩れた呟きは、怜には聞こえていなかったらしい。問うように首を傾げられ、なんでもないと片手を振って示した。

ではいま自分は怜を愛しているのか。訊かれれば違うと答えるだろう。

なのにこの生活は心地よいと感じている。あたたかい部屋にいられるからだとか食事が旨いからだとか、もうそんな言葉ではごまかせない。

怜がいるからだ。

空になった皿を前に聖司は密やかな溜息をついた。それから、胸を満たす困惑をむりやり意識の隅に追いやって、あのドアが開かないからだと見えない玄関に目を向けた。

カレンダーがないものだから、日にちや曜日どころか、いまが何月なのかさえ聖司にはわからなかった。

滅多に開けないカーテンの隙間から外を覗くと、木々の先端を彩る若葉の緑やところどころに咲く花が美しく目に映る。春の眺めだった。

ベンチャー企業がまだ存在していたころ、キャピタリストの怜と再会したのは夏の終わりだった。すべてを失ったのは冬の終わり、公園のベンチで凍えていたのを覚えている。

それがもう春か。

生ぬるい生活に麻痺しているあいだにも外界には確実に時間が流れている。あっというまに移り変わった季節だって、空の下を歩く人間にとってはゆっくりと噛みしめられるものだったろう。

怜と暮らしはじめてから、もうどれくらいのときが経ったのか。一か月か、二か月か？　あるいはもっと？

監禁という言葉を聖司はほとんど忘れかけていた。逃げられない、というよりは、逃げる気がない。それを自覚するたびに、だが、いまでも恐怖は湧く。変化のないこの部屋で自分のこころだけがじわりと変化している。

決して捨てまい、なにがあっても、たとえ死んでも手放すまいと思っていた矜持はいまの自分にあるのだろうか。

朝目覚めて怜と食事を一緒に摂り、いってらっしゃいと送り出した。ドアが外側から施錠される音にもすっかり慣れてしまった。

まるで動物園の檻《おり》だと思う。

なのに、色濃く湧きあがるはずの屈辱はどこか遠い。少しずつ少しずつ遠くなっていた。

いつものようにしばらくシロと遊び、リビングの隅に丸まって眠る姿を眺めてからソファに腰かけた。テーブルの上に置かれている本をなんとなく手に取る。

ミステリーだとか時代小説だとか、聖司のために怜が選ぶ本は少し種類が変わりはした。毎日消費するものだから選択に困るのかもしれない。

しかし、聖司の現実感を失わせるようなものであることは変わらなかった。

だからといっていまさら、怜のように経営学やら経済学やらの専門書を棚から引っぱり出す気分にはならない。

おまえは永遠に終わりだ、そんな意味のことを言ったのは確か西久保だったか。一度充満してしまえば悪評も醜聞も決して薄れない。父親の会社が倒産したときに一意奮闘して起業したあのときとは、もう状況が違う。

ならばなにを学んでみたところで無駄だ。寝る場所も食べるものもなく、冬の風に震えることしかできなかった日々に思い知った。

怜がいなければ自分は死んでいたのかもしれない。だが、怜がいなければ、自分の会社は成功していたのかもしれない。

いずれ考えたところでどうにもなりはしない。こうして怜の部屋でソファに座っている、それだけが事実だ。

彼が仕組んだ卑怯な罠《わな》も子どもだった自分の言動が発端だ、そう思えばますます反発心など溶けていく。

暇つぶしに本を開いてはみたものの内容は頭に入ってこなかった。隣に怜の体温がない、そんな小さな違和感が次第に大きくなっていく。

数枚ページをめくったところで諦め聖司は本をテーブルに投げ出した。振り払おうとしてみても、一度認めてしまった違和感は煙のように消えてくれはしない。

毎夜自分を腕に抱いて眠る怜のあたたかさが、こうも強く肌に染みついてしまっているとは知らなかった。むしばまれているというべきか。

長々と溜息をつき瞼を閉じる。そういえば昨夜の怜はと無意識に思い出し、不意の欲が足もとから這い寄ってくるのを感じてぞくりとした。

いくらなんでもとさすがにうろたえる。

行為には慣れた。快楽にも慣れた。否定はしないしできやしない。だが、こんなふうにそれをひとり思い出すのは異常だ。

だって兄弟だろう、禁忌だろう背徳だろう、忘れかけていた理性の欠片が棘みたいに頭の内側へ刺さる。犯された、だけだったら言い訳はできたのかもしれない。しかしいま毎日くり返されている性的な交歓はレイプではない。

セックスだ。

ありえないことだ、あってはならないことだったのだ。肌を這う寒気には、なのにはっきりとした欲情が絡みついていた。怜の声だとか感触だとかがまざまざと蘇り、どうしても意識から、身体の中から追い出せない。

怜が欲しい。触ってほしい、のみ込みたい。

許されない。間違いだ。あるいは、だからこその欲望なのか。この倒錯に自分は酔っているのか。

あさましい。

ちらと横目でシロが眠っているのを確認してから、恐る恐る右手で股間に触れた。勘違いであればいいと思ったのに、服の上からでもわかるくらいに性器は反応しはじめていた。

怜に、ここにはいない弟にひとり勝手に発情している。欲されるから与えているのだ、そんなごまかしさえもうきかないのだ、そう考えたらごくりと喉が鳴った。

「は……」

服の上からそっと撫でてみる。自分の唇から洩れる小さな吐息にぞっとする、と同時にひどくあおられた。

毎夜くたくたになるまで怜と交わっているからだろう。そういえばこの部屋に来てから自分でしたことなんてなかった。

服越しの刺激はもどかしかった。このままでは下着を汚してしまうから、そうしたら怜に知られてしまうから、自分に苦し紛れの弁解をしてベルトに手をかける。

やめよう、やめたほうがいい、ここまですれば終わりだ。怯えも混乱も間違いなくこみあげてくるのに手を止めることはできなかった。下着ごとのろのろと服を膝まで引き下ろし、ほぼ完全に勃起している性器を自分の目で確認してくらくらする。

駄目だ。わかっている、わかっているが、こんなふうに興奮している時点でもう駄目なものは駄目だ。

どうせ同じ罪ならば、ふっと理性が遠のいていく。

「あぁ……、怜」

軽く握ってゆるゆると扱いたら、たまらなくなった。これは怜の手だ、いま自分に触れているのは怜だ、瞼を伏せて昨夜の記憶をたぐり寄せる。

怜はこうやって優しく擦ってくれた。それからここを舐めて噛んでくれた。

「んっ、は……っ、あ」

シャツの上から乳首を摘み、途端に背を走った快感に意図しない声が洩れた。自分で触ったところでたいして感じもしないだろうと思ったのに、怜はこの身体をすっかり作りかえてしまった。

性器と胸を両手で刺激しているうちに、まともな思考が次第に薄れていくのを感じた。どうして駄目なんだっけ、なにが罪なんだっけ、感じていたはずの困惑もためらいも頭の中から消えてしまう。

ここはいつものベッドで、自分に覆いかぶさっているのは、怜だ。

甘くいやらしいセリフを囁きながら火照る肌にてのひらを這わせ、ねだればじっくりと尻を貫いてくれる。

「ふぅ、ああ、入れて、ほしい……っ」

快感が高まるにつれ身体の奥が疼きはじめた。寝床も食料もなく冬の公園で凍えていたところを拾われた、あの夜にはじめて受け入れた深い場所だった。

「早、く……っ、入れて、くれよ……、足りな、い」

昨日口走ったのと同じような哀願を唇から零し、掠れた自分の声に意識を焼かれた。恥ずかしい、いやらしい、これが自分のほんとうの姿なのだと言い聞かされている気がした。

兄さんは僕に開発されるんだ、僕なしではいられないよね、あの夜に吹き込まれたそんな言葉を覚えている。

そうだ、怜に教え込まれたんだ、玲なしではいられないんだ。こころに刻まれた呪文をもう否定できなかったし疑問にも思えない。

「れいっ、奥……、奥まで、突い、て……ッ」

尻をきゅうきゅうと締めつけながら喘いだ。開かれているわけでも埋められているわけでもないのに、怜の硬い性器でそこを深く穿《うが》たれているような錯覚に襲われる。

気持ちがいい。怜に抱かれるのは、気持ちがいい。

「あ、あっ、もう……っ、いく、あぁ……！」

射精するまでにはおそらく数分もかかっていなかっただろう。

迫りあがってくる絶頂の波に抗うことはできなかった。ひとりきり飲み込まれた愉悦は、つま先まで痺《しび》れるような、頭の中を掻き回されるような強いよろこびだった。

性器を握りしめたまま息を詰めて恍惚を味わう。身体を満たす快楽はしばらく去らず、ぐつぐつと沸き立つ血に身を任せていることしかできない。

それから、てのひらで受け止めた精液の生あたたかさにふと我に返り、鳥肌が立った。

いま自分はなにをした。

火照っていた肌から急激に熱が逃げていく。快感に乱れていた思考は、それよりも大きな混乱に犯されますますぐちゃぐちゃになった。

はあはあと跳ねる呼吸の音が聞こえてくる。どくどくと脈打つ心臓の鼓動さえ感じる。なによりも、がんがんとひどく頭が痛み出し吐き気がした。

欲しいと言われた。自分のものにしてしまいたいとも言われた。なのにいつのまにか自分のほうこそが、これほどまでにあの男を欲するようになっていたのか。

支配したい、愛されたい、怜の言葉が蘇る。ひとり彼の感触を思い出しては発情し快楽を追った、これは怜に支配されているということなのか。怜を愛しているということか？

そうではないだろう、違うだろう、ただの生理的欲求だ。だが。

自分の身体にも頭にも理解が追いつかず、聖司はひとり呆然と汚れたてのひらを見つめた。そのとき不意に、足もとでにゃあとシロが鳴く声がしてびくりと震えあがった。

いつ起きたんだ、まさか見られたとか聞かれたとか。ひとなつこくつま先にじゃれついてくるシロの姿に余計に動揺する。それから、慌てて濡れた手をテーブルから取りあげたティッシュペーパーで拭いた。

見られたところで子猫にはなにもわからないとは思っても、シロの声に呼び起こされた自己嫌悪は薄れやしなかった。どころかシロが無邪気に鳴けば鳴くほど全身を覆い尽くしていく。

禁忌だ、背徳だ、ありえないことだ、そう考えていたはずだ。なのに、どうして自分はこんなことをするんだ。混乱も吐き気もますます増し、しまいには目眩にまで襲われソファに座っているのがやっとだった。

怜に対する心情が徐々に変化している自覚はある。

悔しさや憎しみが、なにかあたたかいやわらかいものに置きかえられていく。その自分を知っている。だから当惑したし混乱もするし、なにより、怖いのだ。

怜は自分を卑劣な手段ではめた男だ。だが、それは自分の愛情が欲しかったからだ、そのために支配したかったのだ。

怜のすべての行動は、幼少時から愛を知らずに生きてきた彼なりの愛ではないのか。

愛していると言われたことなどはない。それでも怜は自分を愛しているのではないか。

と、思いはじめている自分が、怖い。

兄弟で快楽を貪る日々は異常だろう、それは痛いほどわかっている。わかっているのにこんなにも溺れている。

濁流でもがくこの手にプライドはあるのか。甘やかされ流され絆されて、もうそんなものは失ったのか。

自分はこんな男だったか？

「……違う」

てのひらをじっと見つめて聖司は低く唸った。それから両手で頭を抱え溜息をついた。

どうしてこうなったのだろう、なぜ自分はいまここにいるのだろう。あのころに生じた僅かな距離は、小さな怜を傷付けた事実は、こんなにも重く痛々しくて、罪深い。


怜がミスを犯したのは、窓から覗く外界の桜がはらはらと散るころだった。

だからもう四月も半ばだろうか。二十四時間空調のきいた部屋に閉じこもっている聖司には、花の種類だとか空の色だとかから推測できる曖昧な季節しかわからない。

「いってらっしゃい。気をつけて」

朝、普段通り玄関までついていき声をかけると、怜もまた普段通り「いってきます、シロをよろしく」とにっこり笑って出ていった。ドアが閉まり、それから鍵がかけられるいつもの音を無意識に待つ。

その音が、聞こえなかった。

ドアの外側にどんな種類の鍵が取りつけられているのかを実際に目にしたことはなかった。内側からは決して開けられない鍵だ。だが、怜は毎朝必ずがちゃがちゃと施錠して部屋を去る、それは知っている。

いつだか試しにドアへ手をかけてみたが、ぴくりともしなかったので一度で諦めた。この部屋に来てまだ間もないときだったように思う。

毎朝必ず、のはずなのに、鍵が鳴らない。

忘れた？　まさか忘れた？　あの男が、まさか自分を閉じ込める鍵を忘れた？　そう思った途端にばくばくと心臓が強く脈打ちはじめるのを感じた。

決して開かないドアだ、だから決して逃げることはできないのだ。このドアがあるから、このドアのせいで、最初のころはそれが屈辱でありいまとなっては言い訳にもなっていた。

逃げないのは逃げたくないからではない、逃げられないからだ。

なのに、そのドアが、開くのか？

咄嗟には手が伸びなかった。やっぱり開かなかったらどうしよう、ではなく、もし開いてしまったらどうしようという戸惑いだった。逃げるという選択肢が与えられてしまえば、逃げない理由などはなくなる。

震える指でなんとかドアノブを摑んだのは、なんだ、やっぱり開かないじゃないか、それを確かめたかったのだと思う。

だが、恐る恐る押してみると拍子抜けするくらいにドアはあっさり開いた。

貧血でも起こしたみたいにぐらぐらと身体が揺れた。なぜ開いてしまうんだ、なぜ怜は施錠を忘れてしまうんだ、自分でもよくわからない感情に襲われて目が回る。

湧きあがってきた衝動は、ほとんど発作的なものだった。

持て余していた自分の変化に対する不安と恐怖が、こころの中で一瞬のうちに明確な形を持つ。ほんとうにそうしたいのか、あるいはそうしなければならないという呪縛のようなものなのかは判断できなかった。ただはっきりとした、強い衝動だった。

これ以上自分が変わってしまったら制御できない、これ以上毎日毎晩の混乱に囚われていたらおかしくなってしまう。

逃げろ。

いましかできない、怜から逃げろ。

このままただれた生活に浸りきっていては駄目だ。頭から身体から怜に取り込まれて完全に盲目になる前に、逃げてしまえ。

ドアを閉めて部屋に戻り、素知らぬ顔をして怜の帰りを待つこともできた。この空間はあたたかく食事は旨くてシロは可愛い。心地よく安全だ、なにひとつ不自由はない。だが、それこそが怖いのだ、だからこそ怖いのだと思う。

呼吸をするたびに安寧という名の倒錯に肺から侵食されていく。

疑問が疑問でなくなっていく。間違いが間違いでなくなっていく。こんな日々は徐々にひとを狂わせるだけの麻薬だ。

焦る手で靴箱を漁り、部屋に連れ込まれた日以来使っていない靴を引っぱり出した。衝動に急き立てられるようにそれを引っかけ、棚に置きっぱなしだった自分の財布を咄嗟に握って廊下を歩く。

エレベーターに乗り込むときには小走りになった。一階へ下り目を向けたエントランスの外は、細かい春の雨が降っているようだった。

一瞬迷い、それから構わずエントランスを抜ける。いまもう一度エレベーターに乗って五階の廊下を歩いてあの部屋のドアを開けたら決意が鈍ってしまう。ならば傘などいらないと思った。

数か月ぶりに味わった外界の空気は、濁っていた。

暗い空を見上げて深呼吸をしてみても、雨に湿気《しけ》っているせいかなんとなく息苦しい。

都会の空気なんてこんなものだったろうか。牢獄の外に出たところでこんなものなのかと少し気が抜けるのを感じた。

次第に雨で濡れ肌にはりつくシャツは冷たかったが、冬に感じたあの凍りつくような寒さはなかった。季節の変化を身体で感じて余計に息苦しくなる。

あんなぬるま湯、悪趣味な傀儡《かいらい》だ、嘘だ。ふと胸に湧く後悔のようなものを噛み潰し、腹の中で言い聞かせる。

舞い散る桜の花を眺めながらしばらく歩いた。そうしてから行き交うひとびとの訝しげな視線にようやく気付き、短い溜息が洩れた。

雨の朝、傘もなく早足でひとり歩いている男なんて、他人の目には不審者にしか映らない。かといってどこへ行けばいいのか。握りしめていた財布を開いて中を覗き込んでも、入っているのは小銭と数枚の名刺だけだった。

ほぼ一文無しで途方に暮れていたところを怜に連れ去られて以来、補充などしていないのだから当たり前だ。これでは電車にもタクシーにも乗れないと再度の溜息をつく。

人目を避けるように狭い路地を辿り、またしばらくあてどなく歩いた。ふと視界に入った小さな公園に足を踏み入れたのには特に理由はない、ただなんとなくだ。

鉄棒にブランコ、低いジャングルジムにベンチ、それらがこぢんまりと置かれているだけの公園だった。時間が早いためか遊んでいる子どももいなければ散歩をしている大人もいない。

小さいころよく遊んだ、そしてもう死ぬならそれでいいと捨て鉢になって寝ているところを怜に拾われた、あの公園に少し似ている。そんなことを思った。

思った途端に怜の部屋ですごしたここ数か月の記憶がざっと、一気に蘇ってきてひどく狼狽した。冷えた身体をはじめて沈めたバスタブは広くて快適だった、あたたかくて気持ちがよかった、あのときの安堵をまざまざと思い出す。

傀儡でも嘘でも、怜の隣は居心地がよかったはずだ。

彼の微笑みはやわらかく肌に触れる手は優しかったはずだ。埋め込まれる熱は、欲望は、ほんものだった。

ほんとうに怜の城から逃げ出してきてよかったのだろうか、逃げるなんて許されることなのか。逃げないという選択肢こそが実は正解だったのではないか？　いまさらのように頭の中を自分に対する懐疑がぐるぐると駆け回る。

逃げたくて逃げたのか。逃げたくないのに逃げたのか。帰りたいのか。

あの部屋で囚われていたものよりもよほど強い混乱だった。

立っていたら足もとから崩れ落ちそうで、ふらふらとベンチに歩み寄りとりあえずと腰を下ろした。すでに全身雨に濡れていたので尻が冷たいとも感じない。

公園の隅には公衆電話がぽつんと置かれていた。聖司がそれを意識したのは、呆然とベンチに座り込んでしばらく経ってからだった。

たまにコンビニエンスストアの軒下で見かけるような、素っ気ない公衆電話だ。小さな透明のボックスに四角い電話機が押し込まれているだけ、こんなものそばに他人がいれば話は筒抜けだろう。

思わずじっとそれを見つめてから慌てて立ちあがり、尻ポケットに押し込んでいた財布を摑み出した。

携帯電話がないのでは誰に連絡を取ることもできない、そう思い込んでいた自分に呆れる。

小銭を数えたら百円玉が三枚と十円玉が二枚入っていた。これだけあればしばらくは通話できる。

では誰に電話をかけるのか。両親は三年も前に死んだし、親戚というのもおかしい。仕事仲間なんてもういない。懸命に考えて、そうだと数枚の名刺を取り出す。

友達だ。友達に電話だ、当然だ。

友達の声を聞けば正気に戻れるかもしれない、この混乱から抜け出せるかもしれない。

数枚の中に西久保の名刺を見付けたときには肩から力が抜けた。いまの時代、いちいち他人の電話番号なんて記憶していないので助かった。

小さな扉を開け、公衆電話の使いかたに少し迷ってから、名刺に記してある携帯電話の番号を押した。出勤途中かもしれないが、そう言われたら都合のよい時間を訊いてかけ直せばいいだろう。

西久保が電話に出たのは、呼び出し音を十秒ほど聞いたときだった。

『……はい？』

公衆電話からの着信を訝しんでいるのか名乗りはしなかったが、確かに西久保の声で心底ほっとした。

それから不意にぞくりとした。最後に酒を飲んだ夜、思いきり背中を叩き鼓舞してくれた男は、落ちぶれ姿を消した自分のことをどう思っているのだろう。そんな不安が這いあがる。

焦って電話をかけたはいいが、西久保がいまも自分を友達だと思ってくれているかなんてわからない。

そこでようやく、三十数年も生きてきてようやく自覚した。

子どものころからずっと、なんの疑問もなくひとに囲まれて育った自分は、確かに傲慢な王様だったのだろう。そして雨の中突っ立っている自分は、王様ではない。

「……佐伯です。佐伯聖司……久しぶり」

ひとつ深呼吸をしてから声に出した。通話を切られたら切られたときだと開き直ろうとして巧くいかず、妙な抑揚になった。

西久保は驚いたのか一瞬の沈黙を返し、それから回線の向こうで早口にまくし立てた。

『佐伯？　おい佐伯か！　おまえいまどこにいる？　散々探したんだぞ、馬鹿、心配かけんな！　死んだかと思ったろうが！』

当時と変わらない西久保の口調に、心配かけるなという言葉に安堵のあまり座り込みたくなった。それをなんとかこらえて答える。

「……ありがとう。生きてるよ」

どこにいるという問いはあえて流した。弟に監禁されていました、なんて説明できるものではないだろう。

西久保は聖司のためらいを察したのかそれ以上は追及しなかった。同様に『生きてりゃいいよ』と短く流し、それから声を低めて言った。

『わかったぞ。おまえどうせ知らないだろう、失踪者』

西久保の言葉はまったく把握できなかった。なにがわかったというのだろう、黙ったまま考えていると彼は特にためらう様子もなく続けた。

『黒幕だよ。おまえをはめたやつがわかったんだよ』

「え……」

どくりと心臓が鳴った。怜のことかと思い、ならば西久保はこんな言いかたはしないだろうと思い直す。

居酒屋でビールを前に、怜かもしれない、そう零したのは自分だ。

巧い返答も思いつかずに息を詰めたまま続きを待った。西久保は聖司の心中を知ってか知らずか、今度はいやに淡々とした調子で告げた。

『森って男だ。おまえの補佐だった、あの森だ。佐伯が、ああ、弟のほうの佐伯怜がやつの企みを暴いてようやくわかった。それまではいっさい露見しなかったがな、相当慎重にやってたんだろ』

「森さん……？」

あまりに驚いたせいでまともな声は出なかった。小さな呟きが西久保の耳に届いていたのかどうかはわからない。

聞かされた事実に目の前の景色がくすんだ。肌を撫でていく雨の冷たさも感じない。

では、怜の仕業ではなかったのか。

悪評を流し数字を操作し会社を潰したのは、自分を路頭に迷わせたのは、怜ではなかったのか。

『佐伯。おい、佐伯。聞こえてるか、佐伯？』

握りしめた受話器から西久保の声が聞こえはしたが、返事をすることもできなかった。はい、いいえ、わかった、驚いた、そんなひとことさえ口から出てこない。

どういうことだ。

すべては怜の策略だったはずだ。怜が自分を落とし手に入れるために仕組んだ裏工作だったはずだ、そう信じ込んでいた。

なのに、怜ではないといまさら、突然教えられてもすんなり頭に入ってこない。

おかしいだろう。投資の引きあげを告げられた際、自分は怜に、どうせおまえが裏で仕組んだのではないかという意味のことを問うた。あのとき怜は否定しなかった。それどころかうっすら笑って、それでいいよ、なんて答えたのではなかったか。

怜はなぜあんなことを言った。

しかも、森？　父親の会社にいたときからともに走ってきた一番の戦友が自分を裏切ったというのか？　誰より信頼していた、信頼しあっていた男がなぜ自分を裏切る？

「兄さん」

背後から、怜の静かな声が聞こえてきたのはそのときだった。

思わずがちゃんと派手に音を立てて受話器を戻し、弾《はじ》かれたように後ろを振り返る。そこには黒い傘をさしたスーツ姿の怜がひとり立っていた。

西久保の言葉にあまりに驚いたものだから、他人の気配を感じる余裕もなかった。この男はいつからそこに立っていたのか、西久保と話をする自分の声を聞いていたのか。そんなこともまったくわからない。

怜はなにを考えているのか。それももちろんわからない。

「やっぱり僕から逃げるんだね、兄さん」

しばらく無言で見つめあったあと、怜はどこか冷たさを感じさせる声で言った。

ついごくりと喉を鳴らしてしまってから掠れた声で返した。

「……おれを試したのか」

「そうだよ」

答える怜の美貌には表情がない。

「……どうして」

だが、聖司がそう問うと彼はそこでふと哀しげな、さみしげな翳を錆色の瞳に掠めさせた。

はっと息を呑む。この顔を知っている。忘れられるはずがなかったのに、この数か月、やわらかな優しい笑みばかりを見てきたから忘れたつもりになっていた。

もう十年以上も前、いまはない屋敷にいたころの怜はいつでもこんな目をしていた。兄さん兄さんといつでもあとをついてきた雛鳥みたいな怜ではない。距離が、溝が生じてからの、ひとりぼっちで陰鬱な気配をまとう怜だ。

十年ぶりに再会した怜はまるでひとが違ったように頼もしく成長していた。自信にあふれ余裕に満ちている、そう感じた。

だが、実はこの男はあのころとちっとも変わっていないのかもしれない。ふとそんな思いに囚われた。

兄さんは変わらないね、何度もくり返された言葉が蘇る。それは、あるいは怜も同じなのではないか。

「子どものとき、兄さんは僕から逃げた」

長い間を置いてから怜は聖司の問いに淡々と答えた。

「僕が兄さんを追いかけ回せなくなった、兄さんを避けるようになったときだよ。理由を訊いてくれもしなかったよね、僕はわかってほしかったのにあんた知らんぷりだった。兄さんはいまでも僕から逃げるのかなって、なにもわからないまま逃げるのかなって、だから試した。そうしたら、やっぱり、逃げた」

逃げた。自分はあのとき怜から逃げたのか。そんなつもりはなかったが、あるいはその通りなのかもしれないと思い、しくしく胸が痛くなった。

なぜ距離を置かれたのかわからなかった。わからなかったから謝ることもできなかったし歩み寄ることもできなかった。自分の当時の態度は、怜にとっては知らんぷりをされたという認識になるのか。

訊けばよかった？　誠心誠意問えばよかった？

だが、あのころの自分には、背を見せる怜にあえて手を伸ばし引き寄せなくとも他にたくさんの友達がいた。

溜息を洩らすこともできずただ顔を歪める。確かに自分はふたりのあいだに生まれてしまった溝を、いってしまうならば見て見ぬふりをしたのだ、そう思った。

なにひとつ理解しないまま、逃げた。

次第に強くなる春の雨は怜と自分を隔てる壁のようだった。傘をさして立つ彼までたったの数メートルなのに、それを縮める足を踏み出せない。

しばらく無言でふたり向かいあっていた。話題を変えたのは沈黙に息苦しくなったからというのもあるが、単純に、どうしても知りたかったからだった。

「……西久保さんから訊いた。おれをはめたのは、森さんなのか」

「そうだよ」

怜はさらりと短く答えた。それで、ああ西久保の言ったことはほんとうだったのだとようやくじじり実感が湧いてくる。

「……なぜだ？　説明してくれ」

呻《うめ》くような聖司の声に怜は少し眉を寄せ、それでも迷いのない口調で答えた。

「あの男は兄さんが妬ましかったんでしょう。社長の息子として生まれて、王様みたいに育って、会社が倒産しても折れずに起業して成功は目の前だ。兄さんの運も、人望も手腕も若さも、それから強さも、妬ましかったんだよ。妬ましくて羨《うらや》ましくて悔しくて、だから全部失わせてしまいたかったんだろ」

「妬ましかった？　だからって」

「兄さんにはわからないよ。あんた眩しくてきらめいてて、綺麗な虫も汚い虫もふらふら寄ってくるんだよ。無自覚だろ？　知らないだろうから教えてあげるけど、憧憬《どうけい》と嫉妬っていうのはね、大抵の場合ワンセットだ」

怜の言葉の意味が確かに聖司にはまったくわからなかった。ひとを大事にすれば彼らは自然と集まってくる、そこには綺麗も汚いもない。ないはずだと信じていた。

助け、助けられて走り続ける三年のあいだに、戦友の心中にはどんな思いが芽生えたのだろう。交わす眼差しでこころまでわかる、そんなふうに感じていたが思いあがっていただけか。

「理由はもうひとつある」

怜の声に迷わせていた視線を戻した。彼はそれを認めてから淡々と続けた。

「森は起業を計画していたようだ。兄さんと一緒にベンチャー企業を立ちあげたんだから、方法はもう知ってる。あと必要なのは、顧客、そして優秀なスタッフだ。だから兄さんのもとからそれらを奪いたかったんでしょう。自分は兄さんみたいに成功できる、そのうえ妬ましい兄さんを路頭に迷わせることもできる、一石二鳥ってね」

「……おまえはそれをいつ知った？」

「はっきり証拠を摑んだのは、一か月くらい前かな」

徐々に強まる雨はいまや完全に意識の外にあった。部屋に閉じこもっているあいだにずいぶんと伸びた髪が濡れて頬に絡みついても、うっとうしいと思う余裕がない。

森に裏切られていたという事実は当然ショックだ。まだ巧く状況を理解できない。

しかしそれ以上に理解できないのは、それを怜が自分に黙っていたことだった。

「兄さんの会社からうちが投資を引きあげることになったころから、僕はずっとひとりで調べてた。だってあまりにも不自然だったでしょう。誰かが裏で糸を引いていることは間違いないと思って、その誰かを探してた。僕は最初から内部の人間の仕業だと確信してたよ、手際がよすぎるんだ」

怜の説明を黙って聞いた。仲間が裏切るはずはないと社内にはまったく疑いを向けなかった自分を、馬鹿だったと思う。

世間知らず、そんな言葉が浮かんだ。荒波を越えて少しは世の中を知ったつもりになっていたが、実際のところ自分にはなにも見えていなかったのだと認めざるを得ない。

恵まれた環境でぬくぬくと生きてきたからだ。ひとを従えることが、そしてひとに慕われることが当たり前になっていたからだ。

彼らも自分と同じように、ひとりひとり生きた人間であることを、ちゃんと理解していたか？

「森は慎重だったよ。頭もいい。なかなか正体を見せなかった」

聖司の動揺はもちろん見て取れたろう、それでも怜の言葉によどみはなかった。

「としても、やっぱり引っかかりは感じたよ。だから僕は森に目星をつけた。脅したりすかしたりして吐かせるまでに結構時間かかったけど。僕があのとき兄さんの会社を切ったのは、変に引っぱるよりさっさと潰したほうがいいと判断したからだ。あのままじゃ兄さんの会社も兄さんも、もっと悲惨なことになってたと思うよ」

なんとか怜に頷いてみせ、もういいと示した。

それから少し黙って考えて、いまさらこの男を相手に言葉を選ぶこともないかと思ったままを口に出した。

「だったらもっと早くにそれをおれに説明すればよかったじゃないか。勘違いされて恨まれて憎まれて、そんなの……いやだろ」

怜は聖司の掠れた声を聞いて何度か目を瞬かせた。彼にとっては意外なセリフだったらしい。

数秒沈黙し、そして彼は「どうでもいいよ」と答えうっすら笑った。雨に濡れて散る桜みたいに美しく、どこか狂気をはらんでいるように見える笑みだった。

「……どうでもいい？」

つい怜の言葉をくり返した。彼は表情を変えぬままいやに明瞭な口調で言った。

「そう。どうでもいい。僕は兄さんが手に入ればそれだけでいい。だって事実を知れば兄さんは僕ではない誰かへの感情で頭がいっぱいになってしまうでしょう？　怒ったり哀しんだりするでしょう？そんなのは許せない。恨みでも憎しみでも、それが僕に対する強い思いであるなら結構だよ。だったら悪役くらい買うよ。兄さんを落とすのは僕だ、他の誰かであってはならないんだ」

「おまえは……おまえは、おかしい」

「でも、大丈夫。僕が森を徹底的に潰してあげる。兄さんは僕以外のことでこころを動かされなくていいんだよ」

「おかしいだろ……」

喘ぐように返した。おかしい、この男はおかしい、狂っている、はっきりとそう思った。

だが、おかしくなるほどに、狂うほどに、怜は自分が欲しかったのだ。憎悪でも嫌悪でもなんでもいい、ほんものの、弾けるような感情が欲しかったのだ。

彼はおのが姿を兄に見てほしかった。

子どものころ、なにもわからないまま目をそらし逃げた自分に、見てほしかった。

怜の祈りはあまりに切実だ、そして自分はあまりに残酷だった。そう思ったら頭の中でぴんと張っていた糸が切れる音がした。常識だとか理性だとか倫理感だとかいう名の糸だ。

こんなにも希求されてなぜ抗える？　こんなにも渇望されてどうして逃げる？

怜はまだ幼いころのように自分の背を追いかけている。十年を使い、力を、優位を手に入れ王の椅子を奪って、それでもなお自分を追いかけているのだ。

支配して愛されたい、いつか怜が告げた言葉にかかっていた靄が少しずつ薄くなる。

まったく理解できなかった彼の想いが、その色がゆっくりと目に映りはじめる。

「兄さんの言う通り僕はおかしい。やっぱり逃げたいか？」

聖司に問う怜の声は、そこでふと細く揺れた。いつでも真っ直ぐに相手を見る視線が下に落ちる。

夏の終わりに再会して以来はじめて知る、彼の頼りなげな姿だった。

必死に首を横に振った。うつむく怜には見えていないかもしれないとは思ったが、それでも構わなかった。

自分に対する答えだ。

ならば自分の感情の色もしっかりと見つめなくてはならない。今度こそ逃げてはならない、そう強く感じた。

「……逃げない。でも、おれは怖い。怖いんだよ」

それでも口に出した声は怜と同じように頼りなく震えた。

「怖い？」

「そうだ。怖い。自分が変わっていくのが怖い。おまえの部屋が好きだとか、おまえとメシを作るのが好きだとか、おまえの笑顔とか声が好きだとか、おまえが、好きだとか、思いはじめている自分が、怖い」

すっと自分に戻ってくる彼の眼差しになんとか視線を向けたまま、たどたどしく続ける。こんなときに使う巧いセリフなんて知らない。伝われ、ただそれだけを祈った。

不意に、見つめる怜の美貌がぼやけた。雨のせいではない、泣いているのだとそれで自覚した。

「どうして怖いの」

「好きになってしまえば、なにかをなくしてしまう気がするんだ。おれを形作る折れない芯みたいなものが、完全に折れるんじゃないかって思うと怖い。それにおれとおまえは……兄弟だ。禁忌だ」

頬へはらはらと落ちる涙が雨に紛れてしまえばいい、怜に知られなければいいと願う。だが、怜にはわかってしまったらしい。

怜はふっと、先ほどと似たような、まるで似ていないような笑みを浮かべた。

ぞっとするほど美しく、そしてどこか異様な、闇を垣間見せるみたいな微笑だった。

「禁忌？　知らないね」

はっきりとそう言った怜の声は、もう揺れてはいなかった。この数か月で聞き慣れた穏やかな声でもない。

暗い情熱をまとわせた彼の口調に、ぴくりと身体が小さく震えた。

「僕にはそんなの関係ない。そんなのはどうでもいいんだよ、知ったことじゃないよ。ねえ兄さん？　好きになるのが怖いなんてね、それはもう僕を好きだということなんだよ。わからない？　決して出られない部屋に閉じ込められて一緒にごはんを食べて一緒に本を読んで、毎晩セックスして、兄さんはその生活にもうはまってるんだよ。僕に支配されてるんだよ。そしてよろこびを感じている」

「……よろこび」

「楽しいんでしょう？　兄さんは僕と一緒にいると落ち着くし、僕と一緒にいると安心もする。抱かれれば気持ちがいい。違う？　兄さんはいま僕のもので、そして兄さんは僕を好きになったんだよ」

涙にひくつきそうになる息を抑えたくて、ひとつ大きく深呼吸をした。全部怜の言う通りだと思った。

怜の部屋での生活はいびつな、しかし切実なしあわせだった。

自分をはめた男にはまるなんてと思っていたが、蓋を開けてみればそれは事実ではなかった。そのうえ禁忌の枷さえあっけなく取り払われてしまえば、もう怜を拒めない。惹かれてはならない理由がない。

好きになるのが怖いだなんて確かに怜の言う通り、好きでなければ考えないだろう。

「ねえ、もう逃げないいんでしょう？　逃げないって言ったよね？　兄さんの芯はいまその意思だ、僕が好きだという感情だ。兄さんに必要なものは、それだけだ」

「……おまえはおれをこんなふうに変えたかったのか？」

断定的な言葉を否定もできず小さな声で問うと、怜はそこでようやくいつものやわらかな笑みを浮かべた。

「そうだよ。僕はただそれだけのために生きてきたんだ」

状況に相応しい表情ではなかったかもしれない。その穏やかさこそが怜の歪みなのかもしれない。そうは思うのに、彼の優しい笑みを見て身体からするりと緊張が解けていくのを感じた。

怜が毒を持つ花ならば、すでに自分はその毒に冒されている。

自分を手に入れるためだけに生きてきた男が、いじらしく愛おしい。この感情もいびつだ、わかっている。だが、いまの自分の、真実だ。

「僕にはね、兄さんしかいなかったんだよ。小さな小さなころの話だよ」

怜の言葉に頷いて返した。ざあざあと雨が降る中でも彼の静かな声ははっきりと耳に届いた。

「実の母親は死ぬまで僕を一度も抱きしめなかった。あの屋敷でも一緒だ。子どもの僕が知っている世界は冷たく乾いていて、でも、兄さんだけはあたたかかった。まばゆくて美しかった。だから大好きだった。信じて、縋ってたよ」

「怜……おれは、わからなかったんだ。ずっとわかっていなかったんだ」

「でも兄さんにとっての僕は、可哀想な捨て猫みたいなものだったんだ。兄さんは僕を好きだったわけじゃないんだ。それを知ったときには目の前が真っ暗になった。僕は兄さんのそばにいられなくなった。なぜだかわかる？　それでも僕は兄さんが、大好きだったから。大好きだったから苦しかったんだよ。それから悔しかった」

責める口調ではなかったので余計に息苦しくなった。いっそなじってくれたほうが楽なのにと思ったが、怜にその意図はないのだろう。

彼はただ自分にわかってほしいだけなのだ。自分はあのときにしっかりと彼と向かいあい、こうして話を聞かなくてはならなかった。

傲慢な王様だった。そんなつもりはなかった、そんなこと考えていなかった、なにを告げようと言い訳でしかないだろう。

そのセリフの通り、怜には自分しかいなかったのだ。

冷たく疎まれ邪魔にされ、縋れる相手は兄だけだった。確かにそれに気付いていたはずなのに、どうしてきちんと理解してやれなかったのか。自分の言葉で絶望した彼から目をそらすことしかできなかったのか。

愚かだったのだ。あまりにも驕《おご》っていたのだと思う。

「だからね。いつかほんとうに、捨て猫じゃなく兄さんに愛されたいと思ったんだよ。ひとりの人間として、ちゃんと、愛されたかった」

とうとうと、途切れなく語る彼にまた頷いてみせた。それから二度も三度も頷いた。そうすることしかできなかった。

許してくれ、そんな言葉は軽すぎてとても口に出せない。

「屋敷を出てからは兄さんとどうやって、今度はちゃんとした人間として再会できるか考えた。とりあえず可能なものは全部手に入れた。兄さんが起業したと知ったときにはチャンスだと思ったよ。だから僕は、兄さんと取引のあるベンチャーキャピタルに入ったんだ」

怜はまたふわりと笑った。その表情に、嘘はないと思った。

影がさそうと闇をまとおうと、いまこの男は自分にごまかしもなくただ笑う。

「……知らなかったんだ」

なんとか声にできたのはそんな単純なセリフだけだった。

アメリカに渡ったのもキャピタリストとしての力を得たのも、すべて自分の目に映りたかったからなのだ。怜の望みは、祈りはほんとうにただそれだけなのだ。そう思うと胸が締めつけられるように痛くなった。

欲しい、手に入れたい、愛されたい、彼がくり返したすべての言葉にも嘘はない。

――兄さんが好きだよ。

ふたり酒を飲みながら、彼はどんな思いでその短いひとことを口に出したのか。こころを占める血の滴るような感情を音にして、彼は自分になにを伝えようとしたのか。

そして自分はなぜいままでそれを知ろうとしなかったのか。

雨と桜が降る中、怜は熱くも冷たくもない淡々とした声で続けた。

「見返したいとか上に立ちたいとか思わなかったわけじゃない。いや、もちろん思ったさ。でもそれは兄さんに僕を見てほしかったからだ、愛してほしかったからだ、それだけだよ」

「わかった……。怜、わかった。おれが、馬鹿だった」

「ただ、夜の道ばたでシロを可哀想にと撫でる兄さんを見たときに、なにかが壊れたのかな。ああこのひと変わってないって、無自覚な王様のままだって思ったら、駄目だった。だから犯した。ひどいことをしたとは思うけど、後悔なんかしてない」

わかった、と今度は言えなかった。雨と涙に喘ぎ、ただもう馬鹿みたいにくり返し頷いた。

そんな言葉さえもやはり、いまの怜に告げるには軽すぎる。

あの夜彼が瞳に宿した激情をいまさらながらに理解した。飽きもせず求められた意味をようやく知った。完全に支配しておのがものにしてしまわなければ、兄は弟の感情にさえ気付かない。怜はそう思ったのだろう。

そしてそれはおそらく彼の考えた通りだ。この過程を経なければ、自分はなにひとつわからないままだったに違いない。

「本気で脅したんじゃないよ」

傘をさし突っ立ったまま語る怜の声は、どこまでも静かだった。自分を口説こうとしているのかそれとも懺悔《ざんげ》がしたいのか、はっきりとは判別できなかった。あるいは両方なのかもしれない。

「でも兄さんは森のせいでほんとうに落ちてしまった。だから必死で探してようやく見つけて、そしてもう放さないと決めた。身体も思考も僕に、僕だけに落ちればいいってね」

「怜……、おれは」

「可哀想って兄さんに言ったことがあるよね。ぞくぞくしたよ。気持ちがよかった。なのになんだか胸が苦しくなって」

「……もう、いいから。怜、もういい」

怜の顔がそこでふと痛々しく歪んだので咄嗟に言った。これ以上吐露すればこの男は二度と笑わなくなるかもしれない、こころをさらけ出せば壊れてしまうのかもしれない。怜の表情はそんな不安を感じさせるほどに、ほんとうに苦しげだった。

怜は一度黙った。

それから聖司の制止は無視して低い声で告げた。

「落としてやれ、支配してやれ、僕のものにしてしまえ。いつからかそんなの関係なくなってたんだろうね。どうしてかな。いまはただそばにいたいよ。一緒にごはんを作って一緒にシロと遊んで、抱きあって眠りたい。ただ普通に、愛しあいたい」

足を踏み出したのは無意識だった。

右足、左足、右足、それもすぐに絡まり途中からはよろよろとおぼつかない歩調になった。まるで子どもみたいだ、あのころ自分を追ってきた怜みたいだと思う。

目の前に立ち止まり見つめた怜は、涙こそ流していなかったが泣き出しそうな顔をしていた。

幼いころと同じような、まったく違うような表情だった。その怜に震える両手を伸ばし、衝動のままに抱きしめる。

「……ごめん。ごめんなさい。怜、ごめん」

屋敷の廊下でこうして彼を抱きしめられなかった自分は傲慢だったのだ。雨と桜が散る中で、ようやく、痛いくらいに理解した。

黒い傘が落ちたが、怜はそれを拾おうとはしなかった。驚いたのだろう。一瞬身体を強張らせたあと、雨で濡れきった聖司を力いっぱい抱き返した。

あまりに強くてあまりに濃密な抱擁に息もできない。それでも腕を解こうとは思わなかった。

愛おしい。この男が、たまらなく愛おしい。

確かに禁忌だろう、背徳なのだろう。だが、怜は知ったことではないと切り捨てた。ならば誰がそれを責めるのか。

このいびつな関係は確かに愛だ。言葉もなく夢中で抱きあいながらそう思った。

閉鎖的で醜くて汚い、罪悪でしかない。それでも、ふたりにとってはなによりも強固で切実な、愛だ。


長い抱擁のあと、怜は聖司の手首を強い力で引っ摑み、先に立って路地を歩いた。そのあいだ彼はいっさい口をきかなかった。

マンションに戻るやいなや靴も脱がないままくちづけをされる。散々セックスをしたがそういえば唇にキスなんてされるのははじめてだと、それを受け入れてから気付きかっと頭に血がのぼった。

ドアが開く音に部屋の奥からシロが走り出してきて、すぐそこの廊下でにゃんにゃんと鳴いた。思わず怜の胸に両手をつくが、背に回った力強い腕も髪を摑む指も離れない。

「シロが……シロが見てるぞ」

角度を変えるために離れた唇の隙間に訴えると、怜は「知るか」と答えてさらに強く唇を押しつけてきた。この男は普段の姿を裏切り実はひどく情熱的なのだ、そんなことは知っている。

「は……っ、怜、待て……っ」

腕を摑まれ場所を入れかえられて、思いきりドアに背を押しつけられる。逃げ出すどころかもうまともに身動きをすることもできなくなった。

「駄目だ。逃げないで、兄さん。もう僕から逃げないで」

「逃げない、からっ、落ち着け……！」

「むりだよ」

再度唇を合わされ急くように舌を挿し込まれた。ぬるりとした生あたたかい感触に、ぞくぞくと鳥肌が立つ。

上顎を念入りに舌先でくすぐられ、膝が砕けそうになった。押し返そうと胸についた両手はいつのまにか怜のスーツを握りしめていた。

喧嘩でもしていると思ったのかシロが派手にみゃあみゃあと鳴いたが、その声さえも意識から遠くなる。

「は、あぁ……っ、う、んッ」

惑う舌の裏をじっくりと舐められ、自分でも信じられないような甘い声が散った。足もとからこみあげてくるものは間違いのないはっきりとした快感で、こんなものから逃げられるか、と眩む頭で思う。

怜は熱っぽいくちづけをなかなか解いてくれなかった。舌を嚙みあう、唾液を啜りあうキスに身体が細かく震えはじめる。

「ふぅ……っ、れ、い！　も……、むり」

　錆色の髪を引っぱっても苦しい体勢で身じろいでも放そうとしない怜の手を取り、自分の股間に押しつけた。雨で濡れた服の下で反応を示している身体を、そのてのひらに教える。

　怜はそこでようやく唇を離し、長いくちづけから聖司を解放した。はあはあ呼吸を乱している聖司の耳元に唇を寄せ、熱い吐息を触れさせながら囁く。

「兄さん、可愛い」

「おまえ、は……、可愛く、ない……っ」

「僕は可愛くないよ。獣だもの」

　いたずらに服の上から聖司の性器をぎゅっと握ってすぐに手を離し、怜は靴を脱いで廊下を踏んだ。にゃあにゃあと鳴くシロを片手で抱きあげ、もう片方の手で聖司の腕を引っぱる。

　慌てて同じように靴を脱ぐと、そのまま廊下を引きずられた。半ばつんのめるようになんとかあとをついて歩く。

　ベッドルームに向かう途中で怜はシロをリビングのカーペットに下ろし、「あとで遊ぼうね」と頭を撫でてからばたんとドアを閉めた。なかなかに強引だ。この男はいまほんとうに余裕がないのだ、そんなことを思う。

　早く抱きあいたいのだ。早く愛しあいたいのだ。

ならばそれは自分も同じだ。

濡れた足跡や服から落ちる水滴がフローリングに点々と残るが、怜はまったく気にしていないらしい。ベッドルームに引っぱり込まれてあわあわしていると、すぐに顔を寄せられた。

「おまえ仕事は……」

「知るか」

あっさり切り捨てた怜に、噛みつくようなキスをされる。

レイプされた夜はともかく、この部屋に住みつくようになってからはいつでも穏やかに扱われていた。怜でもこんなふうに、思春期のガキみたいになるのか。雨の中抱きあって腕の強さでこころを確かめて、この男はもう完全に素なのだと思う。

こみあげてくる愛おしさは、公園で感じたものよりもさらに色濃かった。可愛い、好きだ、自分だって欲しいんだ、短いキスに必死で応えて想いを示す。

性急な指にシャツのボタンを上から弾かれつい喉を鳴らしてから、恐る恐る手を伸ばした。おぼつかない動きで怜のジャケットをはだけさせ、ネクタイを引き抜く。

こうもはっきりと自分から求めたことは一度もない。はしたないあさましいと呆れられやしないか、微かな不安を覚えながら怜の服を緩めていく。

怜は驚いたのか少し目を見開いたあと、唇に薄い笑みを浮かべて聖司の手に従った。見たこともないような男の、オスの表情だった。

この男はいまよろこんでいる。獲物をただ食らうのではない、食らいあい求めあう行為の予感に舌なめずりをしているのだ。

心臓がばくばくとうるさく鳴って、どうにもしようがなくなった。そうだ、食らいあおう、求めあおう、口に出すかわりにてのひらで、指先で伝える。

「怜……。おれはいま、変な顔をしてるだろ……」

「飢えた顔してる。いやらしくて可愛いよ、兄さん。早くつながって奥まで突きあげて、もっともっとと泣かせてやりたい」

小声で問うたら、いやに即物的な言葉で返されて顔が熱くなった。

短いキスをくり返しながら逸る手で互いに服を脱がしあった。怜の身体ならばもう知りつくしているはずなのに、知らない欲情に頭を支配されていく。

あらわになった怜の素肌へ、その手が伸びてくる前に唇を押しつけた。ベッドはすぐそこにあるのに立ったままだ。こんなことをするのははじめてだったが、彼を味わってみたいという欲は殺せない。

知りたい。彼のこころも身体もすべてを知りたい。

もうなにも知らなかった自分には戻れないし戻りたくない。

やわらかな首の皮膚を噛んで鎖骨の上にキスのあとを印す。いつも怜がするような愛撫をしたいのに、どうしても急いてしまう唇では巧くいかなかった。自分のほうこそまるで思春期のガキだなと思う。

「兄さん、そんなに僕が欲しいの？　ほんとうに可愛いんだね、興奮する。たくさん舐めて噛んでいいよ、好きなだけ」

「は……、おまえと、雨の、味がする」

「雨の味、か。ねえ兄さん、僕は春の雨が好きになったよ。来年も再来年も、春が来るたびに思い出すんだろうね」

怜はその場に立ったまま、聖司のしたいようにさせていた。ようやく余裕を取り戻したようでもあったが、やわらかな声の端々には隠せない熱がちらついている。というより彼は隠す気もないのだろう。

肩に歯を立てて筋肉の弾力を確かめながら、怜の性器にそっと触れてみた。彼はきっちりと勃起していて、その硬い感触に肌が粟立った。

荒っぽいくちづけとつたない愛撫だけなのに、怜も興奮している。相手が自分だからだと思う。

「怖い？」

性器に触れたところで固まってしまった聖司に、怜はそう声をかけた。首を横に振って否定を示し、少し迷ってから彼の前にひざまずいた。

好きになるのがまだ怖い？　変わっていく自分がまだ怖い？　それともこれで貫かれるのが怖い？

怜の言葉はどうとでも取れる。怖くない、いずれにせよ答えは同じだった。

怖くない、怖がらない、もう逃げないし、なにより欲しくてたまらない。

「ふ、はぁ……っ、んっ」

軽く先端に舌を這わせてから、すぐに口へ含んだ。唇を犯されたいのか唇で犯してやりたいのか自分でもよくわからなかった。単純に、粘膜を擦りあわせて口でも彼とつながりたかったのかもしれない。

可能な限り深く咥え込んで、根元のあたりは右手で摩《さす》った。左手ではきつく反応している自分の性器を扱く。

慣れない左手での刺激はもどかしかったし、それ以上に慣れない唇では当然下手くそな愛撫にしかならなかったろう。なにせこんなことをするのははじめてだ。

それでも怜は、指先で聖司の耳や首筋をくすぐりながら甘い声で褒めてくれた。

「気持ちがいいよ。兄さんの口の中すごく気持ちいい。上手だよ。ねえ、もっと僕を欲しがって、もっと食らいついて、もっと」

その声に促されるように懸命に吸いあげ、すぼめた唇でじゅくじゅくと音を立てて擦った。上顎や頬の内側で怜を感じる行為にひどく興奮し、自分で握りしめる性器がますます硬さを増していくのがわかる。

「んぅ、ん……っ、ふ、ぅッ」

「ああ兄さん。そんなにされたらいってしまう。もう放していいよ」

しばらくののちに怜がそう言ったのは、息も絶え絶えの自分に気をつかったのだと思う。

ようやく唇を離したときには理性も冷静さもほとんど残ってはいなかった。勝手に目覚め疼いている内側でこれを感じたい、深い場所を思いきり抉ってほしい、もうそんなことしか考えられない。

這いずるようにベッドへよじ登り、いつものジェルを摑んで怜に投げ渡した。両膝と両手をつき、尻を掲げて誘う言葉を口に出す。

「早く、広げて……っ、早く、入れて、くれ」

「……たまらないね」

背後で怜がくすくすと低く笑った。確かにこいつはいま獣だな、そう思わせるような声だった。すぐにぎりしと音を立ててベッドに怜が乗る気配がし、尻にあたたかいてのひらが触れた。焦らすようにじっくりと両手で揉《も》まれて喉の奥で呻く。

しばらくはぎゅっと目を瞑って耐えたが、早く指を入れてほしいのになかなかそうしない怜に、結局は再度ねだった。

「もう……っ、意地悪を、するなっ、早く」

「早く？　早く、なに？」

「早く、いつもみたい、に、しろ……っ、ぐちゃぐちゃに、開いて、早く……っ」

「ほんとうにたまらないよ。いやらしいね、兄さん？　そんなに僕が欲しいんだ」

ジェルを塗りつける、というよりは尻の隙間にたっぷり絞り出された。ぬるぬると探られたあと、予想していたより太い違和感が食い込んできて思わず息を詰める。いきなり二本指を入れられたらしいということはわかった。

「あ……！　裂け、る、馬鹿……っ」

尻を振って逃げようとしても、片手でがっちり摑み開かれてしまいどうにもならない。怜は聖司の声に怯むどころか、これも最初から遠慮のない動きで入り口をぐいぐいと解しはじめた。

「や、あッ、はぁ……っ、ゆっく、り、しろ！」

「早くとかゆっくりとか忙しいひとだな。大丈夫、兄さんはもう僕に慣れてるから、これくらいされたほうが興奮するよ」

そんなわけがあるかとは思ったが、怜の言うように毎夜男の性器をのみ込んでいる場所は、あっさりと指の質量に馴染んだ。自分がひどく淫らないきものになってしまったような気がしてくらくらする。

そしてまたこれも怜の言葉通り、強引に身体を開かれていく感触に自分でもうろたえるほどの興奮を覚えた。抗いを封じる手を離されても、もう逃げようとも思えない。

はしたないセリフを聞きたがっておきながら、いつもの丁寧な手順さえ踏めないほどこの男も急いているのだろうか。

「あぁ、あ、怜……っ、すごく、広がってる」

二本の指を開くように強張りを溶かされ掠れた声で喘ぐ。ぐちゅぐちゅとわざとらしく音を立てて抜き挿ししながら、怜は聖司にやわらかく誘いかけた。

「兄さんも一緒にやってみる？」

冷静な口調ではあったがその声は熱かった。この男もいま興奮している、こんなに求められている、彼の欲情を感じてさらにあおられていく。

「なに、を」

「だから、兄さんもここに指を入れてごらん？　兄さんの中がどれだけ貪欲なのか確かめてみなよ、ほら」

「そんな、こと……っ、でき、るか！」

「は、や、く」

低く、ゆっくりと囁かれた言葉はほとんど命令だった。ためらいはしたが結局は抗えずに右手をそろそろと伸ばす。

片手では支えきれない上半身をべったりシーツに伏せ、腰だけを高く掲げて、まるでふしだらな動物だ。そう思ったら余計に身体が火照った。

手首をぐっと摑まれ、怜の指が入っているままの場所に導かれた。恐る恐る指先を自分の尻に潜り込ませて、濡れた感触に思わずひくりと喉を鳴らす。

ふたり分の違和感をのみ込み、そこはぐずぐずに蕩けていた。

「どう？　兄さんはいつもここで僕をおいしそうに咥えてるんだよ。可愛いよね？　兄さんの中はあたたかくてとても気持ちがいい。ああ、ひくひくしてるね、もう欲しいのかな」

「あ……っ、こんなに、なってない……っ、嘘、だ」

「自分で触ってるんだからわかるでしょう？　嘘じゃないよ。こんなに、なってるんだよ。兄さんは奥まで届かないだろうから僕がしてあげよう。たくさん感じて」

怜は言葉の通り深く指を突き刺し内側を掻き回した。前立腺を避けた刺激はわざとなのだろう。まだいくな、もっと焦れろとこの男は言っているのだ。

「いや、だ……っ、れ、いっ、変だ、変に、なる」

「変になればいいよ。そのまま自分で入り口を擦って。絶対に抜くなよ」

「う……、あぁ、は……っ、嘘だ……っ」

絶対に抜くなと指示されてしまえば従うしかない。だいたい手首を摑まれたままでは抗えない。浅く挿し込んだ指先で勝手にひくついてしまう自分の中を、それから怜の指の動きを感じてその生々しさに鳥肌が立った。

あまりにいやしい、いやらしい。顔から火が出そうなくらいに恥ずかしいのに、湧きあがるこの快感は、いつもよりも強い高ぶりはなんだろう。

いい加減に開ききってしまうころには、もうまともに呼吸もできなくなっていた。いつになっても抜いてくれない、それから抜くことを許してもらえないふたり分の指に震えながら、切れ切れに訴える。

「もう……、もう、いいから、もう、入れてほしい、から……ッ」

背後でふっと怜が笑う気配がして、腰のあたりにひとつキスをされた。ずるりと怜の指が抜け、それからようやく手首を放される。

詰めていた息をはあはあと喘がせて、なんとか空気を貪った。急に違和感を失った尻がさらに強い刺激を欲し、きゅうきゅうと引きつれているのが自分でわかった。

「僕とのセックス、好き？」

背後から不意に投げかけられた問いに幾度も頷いて返したのは、ほとんど無意識での反応だった。好き、好き、頭の中でその単語が右に左に跳ね返る。

「兄さん。僕とのセックスが好き？　僕が、好き？」

「好き……、好きだ、おまえ、が、好きだ……っ」

僅かに形を変えてくり返され、今度は声にして答えた。乱反射していた言葉がするりとこころに落ちてくる。

好きだ。怜が好きだ。快楽にぐらぐら沸き立つ意識でも、それははっきりと理解できた。

もう怖いものなどなにもない。ただこの男のことが愛おしい。

は、と背後に聞こえた小さな吐息に、胸が締めつけられるように痛くなった。十年も、それ以上もの年月ずっと欲しかったものが、ようやくてのひらにひらひらと落ちてきている。怜のそんな感情の震えが伝わってくるようだった。

抱きあって、体温を交わして言葉で確かめて、彼はいまひとつひとつ空白のピースを埋めているのだろう。

「ごめん兄さん。僕はあまり余裕がない。入らせて」

「うぁ、ああっ！　怜……っ！　あッ！」

挿入はいきなりだった。

怜にしては乱暴な手付きでぐいと腰を掴まれ、身構える前にいきなり突き立てられて思わず悲鳴を上げる。

「あ……っ！　はッ、待って！　待て……ッ」

「ごめんね。待てないよ。僕の気持ちわかって？」

「ん……ッ！　はぁ、き、つ……ッ」

いつもはじりじりと様子をうかがうように侵入するのに、今夜の怜は一気に奥まで容赦なく貫いてきた。太く硬い性器にめりめりと身体を開かれるあまりの衝撃に色気のある喘ぎも出ない。というより息もできない。

必死にシーツを握りしめて耐えていると、聖司が落ち着く間も与えず怜は最初から強く腰を使った。

「あぁ……っ、あ、あッ、やめ、ろ……っ」

待てない、その言葉を動きで示される。

は、は、となんとか途切れがちな呼吸をくり返し乱れる声で訴えても、怜は聖司を放しはしなかった。深い場所を穿たれる刺激と、結合する部分から洩れる、じゅぶ、ぐちゅ、という露骨な音に耳からも犯される。

荒っぽく突きあげられて、枕にしがみつく身体がゆさゆさと揺れた。腰を摑む怜の手と食い込む性器だけでなんとか姿勢を保っているような状態だった。

苦しい。大きな幅での抜き挿しに意識の回路が追いつかない。それでも、怜に教え込まれた中を、もうこれ以上はないというくらいの奥を抉られるのは、たまらなく気持ちがよかった。身体どころか頭の中まで揺さぶられ、なにも考えることができなくなる。

じわりと、知らない快感が肌の内側を這いあがってきたのは、怜を深くのみ込んでからどれだけの時間がすぎたころだろう。

射精したい、出したい、そういう慣れた種類の欲ではなかった。もっと切実な、全身の肌がざわめき出すようなわけのわからない興奮だった。

はじめは緩やかだったその波は、深く突かれ続けて急激にふくれあがった。思わず目をぎゅっと瞑って身をよじらせてもまったく散ってくれない、どころかさらに大きく強くなっていく。

「待て……、駄目、だ、あぁっ、なに、か、来る……っ」

縋った枕を掻きむしって切れ切れに喘いだ。動きを止めてほしかったのに、その声を聞き怜はさらに激しく腰を使った。

身体の中へぎゅうぎゅうに詰め込まれた快楽がいまにも弾けそうで、恐怖さえ覚える。

「や……！　駄目っ、怖い、は、あッ、わから、ないっ」

「駄目じゃない。怖くないよ。そのまま感じて、兄さん。わからなくていい」

「ひ、あぁッ！　あ……！　来る、来る、からッ、あ……ッ！　あッ」

促すようにぐりぐりと性器で奥を掻き乱され、もう波を抑えることもできなくなった。経験のない愉悦に頭からつま先までどっぷりと飲み込まれて身体中が痙攣する。

「ああ、はぁッ、怜……っ、怖い、怖いッ、れ、い！」

「大丈夫。委ねて、限界まで、溺れろ」

あまりに強烈な、切羽詰まった快楽に射精することもできなかった。普段であれば徐々に引いていくはずの火は、燃えあがったままますまったく弱まらない。

怜は動きを止めなかった。

びくびくと震える聖司の腰をさらにがっちりと掴み、先ほどまでと同じように強く、深く貫き続ける。

「いっちゃったね、兄さん？　いっちゃったのに出せないね？　可愛いんだな」

「あぅ……っ、んッ、れ……い、やめ、ろ、助けて……！　止まら、ない……ッ」

「やめないよ。ここでやめられるやつなんかいるの？　さあ、もっといって。何度でもいって」

「あっ、あ、あ！　そんなに、入って、くるな……！　ああ！　やっ、も……ッ！」

気もふれそうなほどの愉悦に、身体の中を焼き尽くされるようだった。くり返し襲われるというよりも、高波の頂に押しやられたまま砂浜に足をつくこともできず、もがき続けているような感覚だ。

溺れろ、彼が言った通りまさにいま自分は怜とのセックスに、怜に、溺れている。

「ふ……、はぁ、あぁ……っ、怜、れい」

もう枕を摑む手にも力が入らずまともに声も出ず、途中からは啜り泣くことしかできなくなった。痙攣は次第に強さを失い、ぴくり、ぴくりと断続的に手足や腰を揺らすだけのものに変わる。

それなのに、肌の内側で渦巻く快楽は強く突かれるごとに深まっていく。このまま身体がどろどろに蕩けてしまうのではないか、薄れていく意識でそんなふうに思った。

骨も肉も蕩けて、輪郭もなくなって、怜と混じりあってしまえばいい。

「むり……、もう、むり……っ」

何度目かに洩らした声に背後の怜がふっと気配で笑い、「そうだね」とやわらかく言った。身もだえることもできなくなった聖司がさすがに可哀想になったのかもしれない。

「僕もいくよ。いつものように、中にたくさん出してあげる。兄さんも出していいよ」

「ああ……っ、は、あッ、もう……っ、わから、ない、から」

「僕の手に出して？　出せるでしょう？　許してあげる」

腰を摑んでいた手で後ろから性器を握られ、優しく擦られた。最後に思いきり深く揺すりあげられて、充満していた愉悦があっけなくそのてのひらに散る。

「ん……ッ！　あぁ、あ……！」

「僕を感じる？　それは、わかる？」

脈打つ性器に中で射精され、溜息のような喘ぎが勝手に洩れた。何度も頷いて、もう声にもなっていない声で唇を震わせる。

「わか、る……、怜、出てる……っ」

「そう。兄さんの中で、出てる」

細く掠れた言葉を、それでも怜は聞き取ったらしい。

精液をすべて注ぎ込んでから怜はようやく性器を抜いた。ぎゅっと唇を噛み、その途端に飛びそうになる意識を必死でつなぎ止める。

怜の手がチェストの上からティッシュペーパーを抜くのが見え、少しあとに強く腕を摑まれた。そのまま仰向けにシーツへ縫い止められて潤む目で怜を見上げる。

怜は、涙でぐしゃぐしゃになった聖司の顔をしばらくじっと見つめていた。それから片腕を背に回し、強く聖司を抱きしめた。

「……愛してるよ」

耳元へ囁かれた言葉に、くらりと目が眩む。

欲しいだとか支配したいだとかは散々言われたが、愛しているだなんてセリフを聞いたのははじめてだった。

「おれも……愛してるよ」

いやになるほど喘いだせいで声はみっともなく嗄《か》れていたが、同じ言葉はするりと唇から出ていった。恐怖も迷いも綺麗に消えていて、ただあたたかい感情だけが胸に満ちている。

肩に顔を埋めた怜が洩らした震える吐息が聞こえてきた。彼の空白は、彼の傷はもう埋まっただろうか。いまだ陶然としている頭で考える。

愛されたい、そのためだけに生きてきた男は、いま自分と同じように充ち足りているだろうか。

「愛してる。兄さん、愛してるよ」

「おれも」

「愛してるから。もう放さないから」

「おれも放さないよ」

背がシーツから浮き軋むほど抱きしめられ、巧く動かない腕を上げて怜を抱き返した。愛してる、おれも愛してるよ、熱っぽく囁きあい解けない抱擁に身を委ねる。

伏せた瞼の裏に小さな怜の姿がふと掠めた。あのとき手を伸ばせなかった分だけ、それからすぎ去った長い月日の分まで抱きしめよう。こころの中へこみあげてくる想いをじわりと嚙みしめる。

そうだ。禁忌も背徳も知ったことではない。そんなものはもはや関係がない。

怜の城で毒入りの蜜を啜りあって、この倒錯の愛に、それでも強くて甘い痛切な愛に、ふたり溺れてしまおう。

あとがき

はじめましてこんにちは、真式《ましき》マキです。

本作をお手に取ってくださりありがとうございます。

このお話は、「はたから見れば歪んでいようが、禁忌だろうが倒錯だろうが愛は愛だろ！」というところへ辿り着くべく書いたものです。

子どものころから愛情というものを知らずに育ち、ゆえにそれを渇望する弟が、長い時間をかけて力を手に入れ十年ぶりに兄との再会をはたします。

弟はもうアホなほど兄さんに執着しています。大好きです。それを受ける兄の視点でお話が進行します。

などとそれらしいことを書いてみましたが、白状してしまいますならば「歪んだ愛」「執着」よいではないか！　というオノレに正直な欲望のままに書きました。

楽しかったです。

もし少しでも「よいではないか！」と一緒に頷いてくださるかたがいらっしゃれば嬉しいです。

イラストを担当してくださいました雪路凹子《ゆきみちおうじ》先生、ありがとうございました。兄も弟もとっても格好よくてどきどきしてしまいました……！　頭の中にいたキャラクターたちが姿を得て目の前にいる、これに勝るしあわせはないです！

担当編集様、たいへんお世話になりました。ああでもないこうでもないと右往左往しているときに、いつでも的確なご指示、ご指導をありがとうございます。どうぞ今後ともよろしくお願いいたします。

最後に、ここまでお読みくださった皆様、ありがとうございました。よろしければご感想などお聞かせいただけますと嬉しいです。

皆様のお声が私の支えであり糧です。

それではまたお目にかかれますように。

真式マキ

喪服の情人《もふくのじょうじん》

高原いちか
イラスト：東野海

本体価格 870 円+税

透けるような白い肌と、憂いを帯びた瞳を持つ青年・ルネは、ある小説家の愛人として十年の歳月を過ごしてきた。だがルネの運命は、小説家の葬儀の日に現れた一人の男によって大きく動きはじめる――。亡き小説家の孫である逢沢が、思い出の屋敷を遺す条件としてルネの身体を求めてきたのだ。傲慢に命じてくる逢沢に喪服姿のまま乱されるルネだが、不意に見せられる優しさに戸惑いを覚え始め……。

リンクスロマンス大好評発売中

溺愛社長の専属花嫁《できあいしゃちょうのせんぞくはなよめ》

森崎結月
イラスト：北沢きょう

本体価格870円+税

公私共にパートナーだった相手に裏切られ、住む家すら失ったデザイナーの千映は、友人の助けで「VIP 専用コンシェルジュ」というホストのような仕事を手伝うことになった。初めての客は、外資系ホテル社長だという日英ハーフの柊木怜央。華やかな容姿ながら穏やかな怜央は、緊張と戸惑いでうまく対応できずにいた千映を受け入れ、なぐさめてくれた。怜央の真摯で優しい態度に、思わず心惹かれそうになる千映。さらに、千映の境遇を知った怜央に「うちに来ないか」と誘われ、彼の家で共に暮らすことになる。怜央に甘く独占されながら、千映は心の傷を癒していくが――。

お金は賭けないっ
おかねはかけない

篠崎一夜
イラスト：香坂 透

本体価格 870 円+税

金融業を営む狩納北に借金のカタに買われた綾瀬は、その身体で借金を返済する日々を送っていた。そんな時、綾瀬は「勝ったらなんでも言うことを聞く」という条件で狩納と賭けを行う羽目に。連戦連敗の綾瀬はいいように身体を弄ばれてしまうが、ある日ついに勝利を収める。ご主人様（受）として、狩納を奴隷にすることができた綾瀬だが!? 主従関係が逆転(!?)する待望の大人気シリーズ第 9 弾!!

リンクスロマンス大好評発売中

淫愛秘恋
いんあいひれん

高塔望生
イラスト：高行なつ

本体価格870円+税

父親の借金のカタに会員制の高級娼館で働くことになった漣は、初仕事となるパーティで、幼なじみであり元恋人の隆一と再会する。当時アメリカに留学していた隆一に迷惑はかけられないと、漣は真実を明かさないまま、一方的に別れを告げていた。男娼に身を落としたことで隆一に侮蔑の眼差しを向けられるが、なぜかその日を境に毎週ごと指名され、隆一に身体を暴かれる。荒々しく蹂躙されるたび、漣は浅ましいほどの痴態を晒してしまい――？

LYNX ROMANCE

小説原稿募集

リンクスロマンスではオリジナル作品の原稿を随時募集いたします。

募集作品

リンクスロマンスの読者を対象にした商業誌未発表のオリジナル作品。
（商業誌未発表のオリジナル作品であれば、同人誌・サイト発表作も受付可）

募集要項

＜応募資格＞

年齢・性別・プロ・アマ問いません。

＜原稿枚数＞

４５文字 ×１７行（１枚）の縦書き原稿、２００枚以上２４０枚以内。
※印刷形式は自由。ただしＡ４用紙を使用のこと。
※手書き、感熱紙不可。
※原稿には必ずノンブル（通し番号）を入れてください。

＜応募上の注意＞

◆原稿の１枚目には、作品のタイトル、ペンネーム、住所、氏名、年齢、電話番号、メールアドレス、投稿（掲載）歴を添付してください。
◆２枚目には、作品のあらすじ（４００字～８００字程度）を添付してください。
◆未完の作品（続きものなど）、他誌との二重投稿作品は受付不可です。
◆原稿は返却いたしませんので、必要な方はコピー等の控えをお取りください。
◆１作品につき、ひとつの封筒でご応募ください。

＜採用のお知らせ＞

◆採用の場合のみ、原稿到着後６カ月以内に編集部よりご連絡いたします。
◆優れた作品は、リンクスロマンスより発行させていただきます。
原稿料は、当社既定の印税でのお支払いになります。
◆選考に関するお電話やメールでのお問い合わせはご遠慮ください。

宛先

〒151-0051
東京都渋谷区千駄ヶ谷４−９−７
株式会社　幻冬舎コミックス
「リンクスロマンス　小説原稿募集」係

LYNX ROMANCE

イラストレーター募集

リンクスロマンスでは、イラストレーターを随時募集いたします。

リンクスロマンスから任意の作品を選び、作品に合わせた
模写ではないオリジナルのイラスト(下記各1点以上)を描いてご応募ください。
モノクロイラストは、新書の挿絵箇所以外でも構いませんので、
好きなシーンを選んで描いてください。

1 表紙用 カラーイラスト

2 モノクロイラスト (人物全身・背景の入ったもの)

3 モノクロイラスト (人物アップ)

4 モノクロイラスト (キス・Hシーン)

募集要項

＜応募資格＞

年齢・性別・プロ・アマ問いません。

＜原稿のサイズおよび形式＞

◆Ａ４またはＢ４サイズの市販の原稿用紙を使用してください。
◆データ原稿の場合は、Photoshop（Ver.5.0 以降）形式でＣＤ－Ｒに保存し、出力見本をつけてご応募ください。

＜応募上の注意＞

◆応募イラストの元としたリンクスロマンスのタイトル、あなたの住所、氏名、ペンネーム、年齢、電話番号、メールアドレス、投稿歴、受賞歴を記載した紙を添付してください（書式自由）。
◆作品返却を希望する場合は、応募封筒の表に「返却希望」と明記し、返却希望先の住所・氏名を記入して返送分の切手を貼った返信用封筒を同封してください。

＜採用のお知らせ＞

◆採用の場合のみ、６カ月以内に編集部よりご連絡いたします。
◆選考に関するお電話やメールでのお問い合わせはご遠慮ください。

宛 先

〒151-0051 東京都渋谷区千駄ヶ谷 4－9－7
株式会社　幻冬舎コミックス
「リンクスロマンス　イラストレーター募集」係

この本を読んでの
ご意見・ご感想を
お寄せ下さい。

〒151-0051
東京都渋谷区千駄ヶ谷4-9-7
(株)幻冬舎コミックス　リンクス編集部
「真式《ましき》マキ先生」係／「雪路凹子《ゆきみちおうじ》先生」係

リンクス ロマンス

義兄弟

2016年11月30日　第1刷発行

著者……………真式《ましき》マキ
発行人…………石原正康
発行元…………株式会社　幻冬舎コミックス
〒151-0051　東京都渋谷区千駄ヶ谷4-9-7
TEL 03-5411-6431（編集）
発売元…………株式会社　幻冬舎
〒151-0051　東京都渋谷区千駄ヶ谷4-9-7
TEL 03-5411-6222（営業）
振替00120-8-767643
印刷・製本所…株式会社　光邦
検印廃止

万一、落丁乱丁のある場合は送料当社負担でお取替致します。幻冬舎宛にお送り下さい。本書の一部あるいは全部を無断で複写複製（デジタルデータ化も含みます）、放送、データ配信等をすることは、法律で認められた場合を除き、著作権の侵害となります。定価はカバーに表示してあります。

©MASHIKI MAKI, GENTOSHA COMICS 2016
ISBN978-4-344-83851-2 C0293
Printed in Japan

幻冬舎コミックスホームページ　http://www.gentosha-comics.net

本作品はフィクションです。実在の人物・団体・事件などには関係ありません。